DIEU SURFE AU PAYS BASQUE

Né à Bordeaux en 1974, Harold Cobert est l'auteur de plusieurs romans, dont *Le Reniement de Patrick Treboc*, *Un hiver avec Baudelaire*, et *L'Entrevue de Saint-Cloud* qui a reçu le Prix du Style. D'inspiration autobiographique, *Dieu surfe au Pays basque*, paru aux Éditions Héloïse d'Ormesson en 2012, évoque la perte de l'enfant du point de vue du père. Il écrit également pour l'audiovisuel.

Paru dans Le Livre de Poche :

LE RENDEZ-VOUS MANQUÉ DE MARIE-ANTOINETTE

UN HIVER AVEC BAUDELAIRE

HAROLD COBERT

Dieu surfe au Pays basque

ROMAN

ÉDITIONS HÉLOÏSE D'ORMESSON

ISBN : 978-2-253-17344-1 – 1re publication LGF

À mon grand-père, Roger Lafosse,
météore de l'avant-garde,
qui veille sur son arrière-petit-fils
depuis son île au sommet
d'une colline.

Si Dieu n'existe pas,
alors tout est permis.

DOSTOÏEVSKI.

Juin 2008.

Samedi matin. Je me suis réveillé en sursaut. Un mauvais rêve. Ma femme me disait : *Le bébé est mort.*

Un peu moins de trois mois auparavant, elle était rentrée plus tôt que d'habitude. Elle avait déposé son sac sur le canapé, m'avait embrassé et s'était éclipsée boire un verre d'eau dans la salle de bains. Lorsqu'elle était revenue, elle s'était immobilisée à quelques pas de la pièce où je travaillais, dans ses bottines dorées et son jean que j'aime tant. Elle portait un haut blanc et un gilet beige côtelé. Autour de son cou pendaient ses fameuses breloques qui cliquettent à chaque mouvement et lui donnent une allure hippie chic.

— Tu as passé une bonne journée ? m'avait-elle demandé.

— Ça va… Et toi ?

Elle oscillait imperceptiblement sur son propre corps, comme si des mots remontaient en échos à l'intérieur d'elle-même. J'avais alors remarqué qu'elle tenait un petit emballage rectangulaire dans la main gauche.

— J'ai acheté un test à la pharmacie…

Elle avait dit cela d'un souffle.

— J'ai du retard, avait-elle ajouté.

Le monde entier basculait. Je m'étais appuyé contre le dossier de mon siège et m'étais contenté de sourire.

— Verdict dans cinq minutes…

Le plancher avait grincé sous les talons de ses bottines. J'étais resté seul, le regard errant dans la pièce sans parvenir à le fixer jusqu'à ce qu'il s'enfuie par la fenêtre. Les giboulées avaient délavé le ciel. Le crépuscule enrobait doucement la ville.

La deuxième quinzaine de mars touchait à sa fin. Je savais que, tôt ou tard, cela arriverait. Mais pas si vite. Nous étions mariés depuis le 22 septembre dernier, nous avions arrêté les précautions et la cigarette depuis un mois et demi. J'en aurais d'ailleurs bien grillé une pour combler le temps de l'attente. Les pensées ricochaient dans ma tête. Étrangement, la première que je parvins à saisir était : je ne suis pas stérile. Avant de rencontrer ma femme, je n'étais jamais resté plus de trois mois avec quelqu'un. Trois jours, trois semaines ou trois mois. Pas plus. Mais toujours trois. Peur de tout engagement. Refus de perdre ne serait-ce qu'un micron de ma liberté. Et puis, j'avais découvert le sexe avec l'éclosion désastreuse du sida, le latex des préservatifs avait tenu à distance ce genre de situation.

J'allais donc devenir père, à trente-quatre ans. Peut-être. Dans moins de cinq minutes, un trait bleu infléchirait le cours de ma vie. Ou non.

Je m'étais redressé et avais fait un calcul rapide. La concordance des dates était frappante. J'avais repensé instantanément au poème de Victor Hugo, « Le Revenant ». Mon amie Christel y aurait vu un signe, la confirmation de ses prédictions et la preuve irréfragable de l'existence de Dieu. Toutes ces choses absurdes auxquelles je ne crois pas. Face à ce genre de superstition et de délire paranormal, j'ai toujours adopté cette posture d'Oscar Wilde : « Il ne faut pas voir des signes partout, cela rend la vie absolument impossible. » Quant à la question de Dieu, elle m'obsède tant elle est, pour moi, celle qui résume et contient toutes les autres. S'Il existe, alors le monde et la vie ont un sens réel, le bien et le mal également. Sinon, ce ne sont que des foutaises, seuls prévalent le hasard et la loi du plus fort. Interrogations sans fin et sans réponse auxquelles j'ai mis un terme par un agnosticisme de raison, sorte de pari pascalien à l'envers. Plutôt que de miser sur l'existence de Dieu et de régler ma vie sur Ses préceptes, je préfère jouer – et jouir – ici et maintenant. S'Il n'existe pas, je n'aurai rien perdu, et si jamais Il existe, un repentir sincère effacera l'ardoise de mes innombrables péchés. Théologie sommaire et raisonnement jésuite au possible, mais je n'ai pas suivi l'enseignement des disciples de saint Ignace de Loyola pendant douze ans pour rien. Dans tous les cas, je refuse de sacrifier la vie et ses plaisirs ici-bas au profit d'un hypothétique arrière-monde et prétendu paradisiaque au-delà.

Je m'étais ébouriffé les cheveux et avais balayé ces ridicules histoires de signes. Je m'apprêtais néanmoins à recompter quand elle avait réapparu.

— Alors ?

— Bleu bébé, m'avait-elle répondu.

Je m'étais levé et l'avais prise dans mes bras. Je savais toute la joie et, en même temps, toutes les réminiscences douloureuses qui devaient la submerger.

— Je vais ouvrir un grand cru.

Je préfère un bordeaux à du champagne pour fêter un événement exceptionnel. Mes origines, sans doute. À croire que ma mère en avait versé dans mon biberon pour avoir enfin la paix quand je lui blanchissais des nuits et des nuits d'insomnies.

— Je ne peux plus boire d'alcool, tu sais, m'avait-elle dit.

— Mais moi, oui !

Elle semblait heureuse de ma réaction. Elle m'avait accompagné jusqu'à la cuisine. Je l'avais laissée passer devant moi dans le long et étroit couloir qui y menait. Je revoyais des bribes confuses du temps où j'étais enfant, dans la maison de campagne de mes grands-parents. D'autres de mes petites cousines et petits cousins jouant dans le champ où se dresse un arbre immense qu'on appelle « Le Monarque ». Je nous imaginais à notre tour, assis dans l'herbe, un couffin à nos côtés, la nappe à carreaux rouges et blancs étendue sur l'herbe, le panier en osier, en train de déjeuner. Clichés et tableaux niais, confits d'un bonheur familial de pacotille et de papier glacé destinés à trôner sur une cheminée telle une urne funéraire. Quelques années auparavant, j'aurais détesté m'abandonner à ce genre de pensées. Elles représentaient tout ce que j'abhorrais : un chapelet de boulets, la perte de ma liberté et de ma jeunesse, une grille de prison se refermant sur l'évadé. Pourtant, en cet instant précis, elles m'apaisaient.

J'avais ouvert le vin. Elle avait trempé ses lèvres dans mon verre pour goûter ce qu'elle manquait. Le bouquet du pomerol et les premières gorgées avaient rapidement ralenti les questions qui m'assaillaient en piquets désordonnés. J'écoutais. Je l'écoutais, elle, m'expliquer la marche à suivre, étape par étape.

Ne rien dire à personne jusqu'à la première échographie, pour être sûr que tout allait bien.

Faire des analyses de sang pour vérifier la compatibilité de nos rhésus. Réserver une chambre dans un hôpital dès que sa gynécologue aurait estimé le terme de sa grossesse. Prendre rendez-vous avec le chirurgien obstétricien qui assurerait l'accouchement.

J'enregistrais toutes ces informations nouvelles pour moi, lui posais des questions, lui demandais de préciser un détail. Elle me rassurait, si sereine, si calme. Elle connaissait déjà ce monde dont je découvrais tout juste les règles et les frontières. Je ne fis aucune allusion à son passé. J'essayais de ne rien laisser transparaître, mais je ne pouvais m'empêcher de me faire du mauvais sang.

Ce samedi matin de juin où je me suis réveillé en sursaut, ma femme s'est retournée vers moi et m'a demandé ce qui se passait. Je lui ai raconté. Elle m'a observé avec un mélange de surprise et de résignation, d'où saillait une tristesse infinie.

— Ce n'est rien, m'a-t-elle dit en me prenant dans ses bras, ce n'est rien. Juste un mauvais rêve.

Je l'ai serrée à mon tour et me suis levé pour aller préparer le petit déjeuner. C'était apparemment une matinée comme les autres. L'été en bandoulière dans le ciel. J'ai jeté un coup d'œil anxieux au tableau accroché au mur de notre salon et à son signe dérobé avant de m'engager dans le couloir pour rejoindre la cuisine. La première échographie, celle tant attendue et tant redoutée des trois mois, aurait lieu mercredi, dans quatre jours. Tout ne pouvait qu'aller pour le mieux.

Pourtant, je n'arrivais pas à me défaire de cette appréhension que m'avait laissée mon réveil brutal. Oui, quelque chose clochait. J'avais l'impression que ma femme m'avait regardé avec la même expression que dans mon rêve, lorsqu'elle me disait : *Le bébé est mort.*

Elle se sentit mère une seconde fois.

Victor HUGO,
Les Contemplations.

Ma femme est un tanagra. Un modèle réduit aux proportions harmonieuses. Elle n'est pas de ces créatures tout en jambes, sur lesquelles les hommes se retournent dans la rue, la mâchoire déboîtée, la langue pendante et les yeux exorbités tel le loup de Tex Avery, pour apprécier leurs arguments postérieurs. Ma femme attire les coups d'œil à la dérobée. C'est une beauté discrète et aérienne, à la Verlaine, qui s'impose sans rien qui pèse ou qui pose.

Elle a la grâce.

Ses cheveux châtains et ondulés ruissellent en cascade jusqu'au milieu de son dos. Coiffés avec la raie au milieu, ils encadrent un visage aux traits fins et réguliers, un joli nez, des lèvres gourmandes sans être charnues, des yeux noisette marbrés d'éclats verts, qui éclaircissent son regard selon le temps et la lumière, comme certaines pierres changent de couleur avec le ciel. Sa voix est chantante, légèrement modulée dans les aigus. Elle prend de l'amplitude et du volume quand elle a un peu trop bu. Avec le temps, j'ai appris à mesurer son ébriété à l'aune de cet alcootest sonore. Seul son pouce droit présente une forme disgracieuse, écrasée et empâtée. Mais il lui permet de bricoler mieux que nombre d'hommes – mieux que moi, qui ai deux pieds gauches à la place des mains tant je suis incapable de planter un clou sans me fracasser tous les doigts ou abattre un mur –, et surtout, il relève et révèle la perfection de l'ensemble.

Elle est d'humeur toujours égale. Lorsqu'elle est dans une colère noire, elle dit juste : « Je suis furieuse. » Lorsqu'elle est en proie à une joie extrême, elle laisse simplement entendre : « Je suis très heureuse. » Sans jamais hausser le ton ou pousser des cris d'hystérique.

Pour autant, elle n'est pas exempte de tempérament. Sous ses allures de petit oiseau tombé du nid se cache un caractère trempé et volontaire. Élevée à la campagne, fille d'une lignée provinciale d'industriels, elle a refusé de rejoindre l'entreprise familiale pour partir vivre sa propre vie et ses rêves, à Paris. Elle a préféré le risque au confort, la liberté au carcan d'une existence facile mais tracée. De son éducation et de ses origines, elle a gardé les pieds ancrés dans la terre ainsi que la mélancolie créative des grands contemplatifs. Douée dans son domaine, talentueuse même, elle occupe aujourd'hui le poste de directrice artistique dans une agence de publicité spécialisée dans le luxe. Contrairement aux idées reçues, elle ne se tourne pas les pouces en buvant du Coca et en fumant des pétards jusqu'à ce que surgisse l'inspiration. Il y a les fameuses « charrettes » (nuits blanches avant rendu des projets), les compétitions entre agences, les budgets faramineux qu'il faut remporter, garder coûte que coûte. Derrière l'image glamour, la pub est un milieu usant où il vaut mieux avoir des nerfs d'acier.

Elle est donc une femme solide et sensible, rieuse et profonde à la fois. Dénuée de toute malignité, elle ne voit que le verre à moitié plein, jamais à moitié vide. Comme ce proverbe jésuite : « Quand mes amis sont borgnes, je les regarde de profil. » La concernant, j'ajoute qu'elle les regarde toujours « du bon ».

Ce qui m'émeut le plus chez elle, c'est cette gravité, presque de la tristesse, qui, sans qu'elle s'en aperçoive, plane parfois sur son visage et le fait basculer dans le clair-obscur d'un portrait au fusain. Lorsque je la regarde à son insu et qu'elle n'est pas en train de sourire, qu'elle soit ou non perdue dans ses pensées, ses lèvres ne forment pas un trait horizontal. Elles descendent légèrement vers le bas à la manière de ce smiley, l'aspect caricatural et boudeur en moins : ☹.

Il y a dans ses traits quelque chose de tragique qui me bouleverse, une ombre évanescente, comme une suite de mots fragilement tracés sur le sable, et pourtant ineffaçable – la perte d'un enfant.

Juin 2008.

J'ai préparé le petit déjeuner de ce samedi en pilote automatique. Le matin, tant que je n'ai pas bu mon café, je ne suis pas étanche. Et je ne l'étais particulièrement pas en cet instant. Mon cerveau me donnait l'impression de coller à ma boîte crânienne, à la manière d'une boule de papier mâché et humide. Les yeux me piquaient. Ce mauvais rêve me laissait plus fatigué encore que lorsque je m'étais couché la veille.

J'ai disposé le tout sur un plateau et suis revenu pour servir ma femme au lit. Je la trouvai assise sur le canapé du salon. Elle avait fait de la place sur la table basse pour ne pas déranger mes affaires étalées sur celle de la salle à manger, qui me sert également de bureau. Un bureau itinérant dont je range le bordel pour le dîner ou quand nous recevons des amis.

Nous nous sommes installés et avons déjeuné sans parler. Certaines personnes ont une peur panique du silence, comme d'autres de la solitude. Ce n'est pas notre cas. Entre nous, il n'est jamais lourd de gêne ou de paroles sourdes, ravalées et prises sur soi. Nous pouvons rester des heures entières sans échanger un mot, à travailler, à lire chacun dans une pièce ou côte à côte. De même, nous aimons tous les deux nous retrouver seuls, en tête à tête avec nos pensées, sans que cela génère en nous ni entre nous une quelconque angoisse ou inquiétude. Il nous arrive de partir en week-end séparément, dans nos familles respectives ou avec des amis, et cela ne porte à aucune conséquence ou suspicion. Lorsque la connerie me prend et que je sors sans elle écumer la nuit et ses délires, elle me demande juste de lui téléphoner si je ne suis pas rentré à huit heures et demie du matin, heure à laquelle elle part travailler. Non pour fliquer dans quel lieu de perdition j'ai échoué et me jouer la grande scène du II – où es-tu encore allé traîner ? dans quels bras ? dans quel lit ? dans quelle orgie ? –, mais pour s'assurer que je ne suis ni au commissariat ni à l'hôpital. Avec elle, je suis encore plus libre à deux que seul. Une cage dont la fenêtre reste toujours ouverte. Pourquoi s'enfuir voler ailleurs, là, maintenant, tout de suite, alors qu'on peut le faire n'importe quand ? Pourquoi convoler dans des cieux plus incertains et moins cléments puisque les barreaux ne sont jamais fermés ? Entre elle et moi, pas de ces fameuses concessions – terme atroce qui m'évoque essentiellement le cimetière, les sépultures et la mort – mais une confiance réciproque et inconditionnelle. Le contraire de l'amour fusionnel et possessif. Du coup, si quelque créature nocturne vient voleter autour de moi pour me harponner, j'envisage l'inconnue, laisse se développer l'ambiguïté pour le plaisir du jeu et de la séduction, puis je passe mon chemin. Quand c'est ma femme qui part en sucette avec ses copines, je lui demande la même chose : me prévenir que tout va bien si elle n'est pas rentrée au petit matin. Pour le reste, je fais ma vie chez nous et m'endors plus paisiblement qu'un nourrisson après son biberon.

Cependant, pour la première fois, ce silence, qui d'ordinaire nous réunit, nous séparait. Je le ressentais physiquement. Comme un mur rugueux et froid. J'expliquais ce malaise par mon réveil désagréable.

Après avoir débarrassé et tout ramené en cuisine, je suis revenu me mettre au lit pour lire et, peut-être, somnoler un peu et me réveiller mieux que je ne l'avais fait une heure auparavant. Ma femme s'était recouchée. Elle était allongée sur le côté droit, celui de son pouce magique, dos à moi, face à la fenêtre par laquelle la lumière de cette fin de matinée se réfléchissait sur le bâtiment d'en face. Je me suis lové contre elle et j'ai posé ma main gauche sur son ventre. Elle s'est alors retournée vers moi, m'a regardé un instant avant de me dire :

— Je perds un peu de sang…

Mon expression désemparée a dû l'encourager à poursuivre.

— Ça arrive parfois. Ce n'est pas forcément grave, mais ça n'est généralement pas très bon signe.

Je n'aimais pas cet adverbe « très », trop extrême à mon goût dans sa bouche et ses propos d'habitude si mesurés.

Je l'ai prise dans mes bras.

— Je suis sûr que ce n'est rien.

Elle m'a serré plus fort.

— On va aller à l'hôpital, si tu veux.

Nous avons cessé notre étreinte.

— Non, non, ce n'est pas la peine.

Je la reconnaissais bien là. Forte, refusant de s'écouter et de se plaindre. Je sentais pourtant que quelque chose vacillait en elle et menaçait de se fendre.

— Écoute, voilà ce qu'on va faire…

Elle a croisé les bras.

— On va laisser passer la journée. Si ça continue demain, ou que tu es juste inquiète, on va à l'hôpital et on fait une échographie anticipée. D'accord ?

Le point d'interrogation n'était là que pour la forme. J'ai dit cela d'un ton calme, mais ferme, pour qu'elle sente que je prenais la situation en main, et surtout que, cette fois, elle n'était pas seule.

— De toute façon, il te faudra une injection d'anti-D, ai-je ajouté.

Elle s'est contentée de hocher plusieurs fois la tête en signe d'assentiment, avant de me serrer dans ses bras. Puis je me suis levé pour aller me doucher, essayant de faire comme si c'était une journée d'une affligeante banalité.

— Allez, ce n'est pas tout ça, l'heure tourne… On a plein de choses à faire !

Et je me suis éclipsé dans la salle de bains pour ne pas pleurer.

La mère dont je vais vous parler demeurait
À Blois ; je l'ai connue en un temps plus prospère ;
Et sa maison touchait à celle de mon père.
Elle avait tous les biens que Dieu donne ou permet.
On l'avait mariée à l'homme qu'elle aimait.
Elle eut un fils ; ce fut une ineffable joie.

Victor HUGO,
Les Contemplations.

29 décembre 2000.

Avant de nous rencontrer, ma femme avait vécu cinq ans avec un autre homme. Il était, selon ses dires, tout le contraire de moi. Autant je suis d'un naturel expansif et excessif, autant mon prédécesseur était d'un mutisme et d'une inertie à toute épreuve. Non qu'il fût aussi insensible et impénétrable qu'une vitre pare-balles, mais il était renfermé et peu démonstratif.

Elle tomba enceinte. Cette grossesse s'avéra à risque pour cause de *placenta prævia* recouvrant. Au lieu de se ranger sur le côté, celui-ci reste horizontal et obstrue les voies naturelles en masquant le fœtus. À l'approche de l'accouchement, il peut parfois remonter et prendre une position latérale proche de la normalité.

Ce ne fut pas le cas. Il resta en travers et recouvrant. À l'angoisse de perdre cet enfant s'ajoutait la relative démission de celui qui partageait sa vie.

Depuis le début de sa grossesse, il n'avait pas un geste tendre, pas une main qui venait se poser sur son ventre arrondi. C'était son caractère, sa nature. Et peut-être également sa manière de conjurer ses propres appréhensions. Au sixième mois, elle se mit à avoir de fortes contractions utérines et à perdre beaucoup de sang. Mon prédécesseur n'était pas là. Il travaillait. Elle se rendit seule à l'hôpital, où elle dut rester alitée jusqu'au terme de sa grossesse.

Vint le jour fatidique. Dans une telle configuration, impossible d'accoucher par voies naturelles. Césarienne obligatoire. Avec un *placenta prævia* recouvrant, la visibilité est mauvaise, voire inexistante. Le scalpel incise. À l'aveugle. Trop profond, trop à droite, trop à gauche, trop haut ou trop bas : le bébé n'est même pas arrivé à l'air libre qu'il se vide de son sang. D'un coup. Quelque chose a été tranché et a agi comme une pompe aspirante. Agitation dans le bloc opératoire. Hémorragie préoccupante du côté de la mère. Chez le nourrisson, toutes les fonctions neurologiques sont atteintes. Transfusions de part et d'autre. La mère sera sauvée, l'enfant aussi, mais son cerveau est grillé. Il pourra peut-être survivre. À l'état de légume.

Juin 2008.

Je me suis habillé et suis descendu faire les courses. Elle a voulu m'accompagner. J'ai refusé. Les cinq étages sans ascenseur, pas dans son état. Même si j'allais dépasser aisément la somme permettant de nous faire livrer, et que, de toutes les façons, elle n'aurait rien eu à porter.

Elle ne m'a pas rétorqué, comme à chaque fois que je voulais la ménager depuis le début de sa grossesse : « Je suis enceinte, pas malade. » Encore et toujours elle, cette manière de ne pas s'écouter ni se plaindre, jamais.

J'ai traversé le parvis de Saint-Lazare, ensoleillé et grouillant en ce samedi. Cette zone de l'arrondissement – un quartier de gare – ne présente aucun intérêt. Bruyant et surpeuplé la journée d'une foule compacte en perpétuel mouvement. Désert et glauque le soir. On y passe, on n'y reste pas. Un lieu de transit, exsangue de commerces de bouche. La boulangerie la plus proche est une sorte d'annexe ou de stand d'une chaîne franchisée, dans le métro. Le pain y est mou. À l'exception du dimanche, plus calme, quand nous sortons de notre immeuble, il faut attraper l'un des multiples flots de passants et se laisser porter par son courant. Le seul avantage de vivre ici tient à notre appartement. Spacieux, petite terrasse à ciel ouvert, sans voisins au-dessus de nous, bizarrement agencé, avec son plancher anarchique sous le jonc marin, le charme opère dès la porte refermée, surtout après l'épreuve des cinq étages. Lorsque, l'hiver, nous organisons de grands thés où se réunissent une vingtaine de personnes, il n'est pas rare que cela se prolonge et se transforme en un immense plat de pâtes joyeusement arrosé. Certains de nos amis viennent à l'heure dite, s'en vont voir un film ou une expo, reviennent s'il reste encore du monde.

Tandis que je bifurquais d'un flux de passants à l'autre, mon attention a été attirée par les enfants et les futures mamans de la foule. Depuis ces trois derniers mois, je suis devenu particulièrement sensible à leur présence.

Si, par éducation et par principe, je laisse ma place dans le bus ou dans le métro aux femmes enceintes et aux personnes âgées, je l'ai souvent fait à contrecœur, pestant dans ma barbe contre ce privilège acquis. Avec la maternité annoncée de ma femme, je me suis plus qu'adouci sur le sujet. Au point que, dans une telle situation, quand je comprends que personne ne cédera son siège ou son strapontin, quand je vois les regards s'égarer lâchement alentour, l'air de rien, genre « non, non, je ne me lèverai pas, je ne t'ai même pas vue », ou, pire, plonger dans un livre ou dans un journal resté fermé jusque-là, il me monte des envies d'attraper tous ces mufles qui restent le cul plombé à leur fauteuil et de les secouer plus vigoureusement que des torchons sales. Et s'il s'agit d'adolescents fatigués d'être fatigués de ne rien faire, je rêve de leur déboîter la tête avec des allers-retours de gifles façon Obélix.

Quant aux enfants, ils m'ont jusqu'à présent profondément agacé. Sans que je comprenne d'ailleurs bien pourquoi tant, lorsque je suis seul avec eux ou en petit comité, tout se passe à merveille. Je n'ai réalisé qu'assez récemment que ce n'étaient pas eux qui m'irritaient, mais la bêtise crasse et la complaisance molle de certains parents. J'avoue nourrir une hargne sans nom envers ces géniteurs débiles qui s'esbaudissent devant une progéniture qu'ils prennent pour des prodiges ou des Prix Nobel en puissance. C'est avec un air niais qu'ils regardent leurs petits courir partout, renverser du Coca sur votre pantalon, gribouiller un dossier important sur lequel vous travaillez, vous tirer les cheveux parce que c'est drôle *(sic !)*. Ils seraient même capables de s'extasier si leur enfant démoulait un bronze sur le tapis de votre salon, comme si c'était un César ou une colonne de Buren.

Il y a quelques années, dans un train, ma mère et moi nous sommes retrouvés aux prises avec l'un de ces spécimens. Il n'arrêtait pas de courir dans la travée centrale, s'arrêtant, vous fixant, vous prenant votre livre ou votre stylo et le balançant ensuite par terre, avant de repartir, de recommencer trois rangées plus loin, de revenir. Le tout sous les yeux conquis des parents qui le trouvaient « trognon » et lui adressaient de pathétiques « coucou » de la main en signe d'encouragement. Jusqu'au moment où il jeta son dévolu dévastateur sur ma mère. J'étais côté fenêtre, elle côté couloir, en première ligne. Elle l'ignora jusqu'à ce qu'elle retire ses lunettes, dévisage l'enfant, prenne une voix d'outre-tombe et, sourcils froncés, lui assène un terrible : « Je suis une sorcière et je vais te transformer en gros crapaud baveux ! » Le petit resta un instant médusé, l'œil hagard, avant de se mettre à chialer des : « Ouin ! » de plus en plus stridents. Les géniteurs avaient accouru et exigé des comptes à ma mère. Mauvaise pioche.

— Écoutez, leur avait-elle dit, votre nain fait chier tout le monde.

— Mais je ne vous permets pas ! lui avait rétorqué, outrée, la maman.

Le papa, lui, s'en était courageusement retourné à sa place avec le gueulard en larmes. C'était une discussion de femmes. Comme dans les affrontements entre deux animaux à crocs et à cran, mieux vaut ne pas s'interposer : on se fait toujours mordre en voulant les séparer.

— Ce n'est pas à moi qu'il faut interdire quoi que ce soit, avait enchaîné ma mère, mais à votre nain qui est insupportable.

— Mais… Vous…, fulminait l'autre.

— Bon, ça va bien maintenant, avait tranché ma mère. Moi, quand je vais à la plage, je tiens mon chien en laisse. Alors ayez la politesse de faire de même avec le reste de vos couches.

Je crus que l'autre allait s'étrangler de colère tellement elle virait au rouge cramoisi.

— Vous... Ah ! vous n'êtes qu'une femme aigrie parce que vous n'avez pas d'enfants !

Et là, avec un calme olympien, ma mère eut l'une de ses sorties définitives dont elle a le secret.

— Ah bon ? Et les un mètre quatre-vingt-trois sur soixante-douze kilos en train de lire Dostoïevski, là, avait-elle dit en me désignant, c'est quoi ? Un nounours en peluche peut-être ?

L'autre était restée figée par ce trait, comme enfoncée jusqu'à la taille dans le linoléum du couloir après un coup de massue sur le crâne. Elle avait ravalé sa morgue et, drapée dans un lambeau de dignité, avait regagné sa place.

J'ai quitté le courant qui m'entraînait et me suis arrêté sur le bord du trottoir. Le feu était rouge pour les piétons. Malgré une circulation dense, les voitures roulaient à toute vitesse. Plus haut sur la chaussée d'en face s'ouvrait l'entrée grise du supermarché.

J'ai soudain eu envie de téléphoner à Vladimir, l'un de mes témoins de mariage. Je n'oublierai jamais ce qu'il m'a dit un jour, en sortant d'une boîte de nuit, à la lueur d'un matin frissonnant dans le ciel. J'ai pris mon portable pour composer son numéro, mais le petit bonhomme est passé au vert et la foule impatiente m'a emporté vers l'autre côté de la rue.

J'ai attrapé un flux ascendant pour remonter la dizaine de mètres me séparant du terme de ma destination. Arrivant en sens inverse, une activiste du « gang des poussettes » m'a éjecté dans le caniveau sous peine de me renverser comme une vulgaire quille. J'ai hurlé un « Hé ! » furieux, mais elle a continué de foncer sans se soucier du bus qui fondait sur moi et que j'ai évité de justesse. J'étais pourtant tout à fait disposé à prendre une pose de hiéroglyphe pour libérer la voie à son convoi vagissant. Mais non. Sous prétexte qu'elles ont mis bas, nous devons tous nous prosterner encore plus bas, nous écarter plus largement que la mer Rouge devant Moïse et le peuple hébreu fuyant les soldats de Pharaon, quitte à nous faire écraser sur le bitume avec une indifférence de prospectus ou de crotte de chien. Cette incivilité m'a toujours mis hors de moi. Ce sont les mêmes qui s'extasient avec un sourire de béni – et de benêt – oui-oui devant leur progéniture courant dans les allées des trains. Ma femme non plus ne les supporte pas. Elle ne comprend pas par quel principe dictatorial on peut s'arroger un tel privilège obscène. Je l'aime également pour ça, pour cette absence de bêtise de corps et de complaisance bobo.

J'ai continué de maugréer intérieurement en regardant ce chauffard à talons poursuivre sa course meurtrière et me suis faufilé dans le supermarché. J'ai rempli mon caddie à la manière d'un automate. Je ne suis revenu à moi que pour aider une jeune maman à descendre sa poussette au sous-sol du magasin, puis à la remonter, l'ascenseur étant en panne. Elle était peut-être l'une de ces criminelles des trottoirs, cependant je n'ai pas hésité un instant à lui prêter assistance. Sans doute aimerais-je que l'on fasse de même si je n'étais pas là pour aider ma femme en pareilles circonstances. Encore faudrait-il que nous arrivions jusque-là.

L'enfant mourut. La mort entra comme un voleur
Et le prit.

Victor HUGO,
Les Contemplations.

29 décembre 2000 – 2 janvier 2001.

L'hémorragie postnatale de la mère dure près de sept heures. Pour l'arrêter, on pense lui ligaturer les trompes, à trente ans. Puis on réussit à stabiliser la situation sans condamner son ventre à l'infertilité. Le nouveau-né, très faible, est transféré à l'hôpital des enfants après l'accouchement. Elle n'a pu le prendre dans ses bras.

Le lendemain, malgré l'épuisement et les douleurs, malgré les perfusions et les drains filant en toile d'araignée du corps de la mère, une ambulance emmène les jeunes parents auprès de leur petit garçon. Il est sous couveuse. Il dort. Son visage est paisible, lisse comme un masque mortuaire. Elle ne peut toujours pas le prendre dans ses bras. Il est encore trop fragile. Son état, instable et incertain. Les pronostics ne sont guère encourageants.

Le surlendemain, on les ramène au chevet de l'enfant. On leur conseille, s'ils sont croyants, de le faire baptiser sans attendre. On leur conseille également de se préparer à l'éventualité que le nourrisson ne vive pas. Ils font venir un prêtre. Le bébé est baptisé Ferdinand.

Deux jours plus tard, alors que les deux parents sont en train de déjeuner, on téléphone pour leur annoncer que c'est imminent. La vie du petit Ferdinand ne tient plus qu'à l'artifice des machines auxquelles il est relié.

Pour la dernière fois, une ambulance les accompagne auprès du déjà gisant. On les oblige à s'entretenir tout d'abord avec une psychologue, qui n'a pour toute psychologie que le titre et le diplôme.

— C'est dur ? les interroge-t-elle avec une gravité qui ajoute à la subtilité de son tact.

Pour peu, elle leur demanderait presque avec une voracité jubilatoire d'animateur de talk-show à sensation :

— Vous souffrez, hein ? Allez, dites-moi que vous souffrez ?

« Connasse ! » dira ma femme le jour où elle me racontera cet épisode de sa vie antérieure à la nôtre.

Puis on les laisse le voir. La mère peut enfin tenir son fils dans ses bras. Elle le prend. Une infirmière lui tient la main. Une autre débranche fils et tubes. Elle sent le petit corps se refroidir doucement. Et se raidir.

C'est fini.

2 janvier 2001.

Le bébé est mort.

Juin 2008.

La corvée du marché accomplie, j'ai attrapé un flot de passants susceptible de me ramener devant chez moi. De nouveau, les enfants et les futures mamans de la foule ont attiré mon attention plus sûrement qu'un aimant.

Autant mon regard sur les petits a changé, autant celui que je porte sur les femmes enceintes n'a pas varié d'un cil. Mis à part la symbolique qu'elles incarnent, je n'ai jamais trouvé ça beau. Ni par le passé ni aujourd'hui. Ce corps devenu difforme, strié de vergetures, gonflé comme une bonbonne, ne m'excite en aucune manière. Ma femme, qui a déjà connu cet état et ces transformations, ne trouve pas cela plus esthétique que moi. Je sais que certains hommes honorent plus volontiers leur moitié dans cette période particulière de leur vie. À croire qu'ils ne font des enfants que pour doper leur libido. C'est pour moi une énigme. Au début, je peux le comprendre. Les premières rondeurs, avec l'excroissance de la poitrine, augmentent délicieusement la féminité et l'érotisme de la silhouette. Mais ensuite, une mère en gestation est pour moi trop ostensiblement mère, et m'évoque sans doute trop la mienne pour me donner envie d'un corps-à-corps brûlant. En revanche, une fois redevenue femme, après l'accouchement, le monde se retrouve divisé entre celui des parents et celui des amants. La vie reprend son cours sur ces deux niveaux qui, s'ils se superposent et se confondent parfois, restent néanmoins distincts. Cette schizophrénie conjugale est d'ailleurs la seule façon de pouvoir survivre à la naissance d'un enfant. Ne pas se laisser enfouir sous le linceul de la fonction parentale pour rester toujours des amants. Amants, c'est-à-dire *aimant*, participe présent, participe *et* présent. Aimer en actes. Deux corps en actes.

Je me suis extrait de ces considérations et de la houle pédestre pour m'amarrer à la porte de notre immeuble. En entamant les marches des cinq étages à gravir pour rejoindre les incertitudes et les angoisses qui m'attendaient là-haut, je n'ai pu m'empêcher de penser à quel point, en cet instant précis, rien ne pourrait davantage me remplir de joie que de voir ma femme devenir plus grosse qu'une montgolfière.

— Une mère, un père, la douleur,
Le noir cercueil, le front qui se heurte aux murailles,
Les lugubres sanglots qui sortent des entrailles,
Oh ! la parole expire où commence le cri ;
Silence aux mots humains !

Victor HUGO,
Les Contemplations.

Janvier 2001 – octobre 2001.

Deux jours plus tard, la mère orpheline de son enfant est emmenée à la morgue. On a laissé le jeune défunt couché sur le côté, le sang figé s'est concentré sur une seule moitié de son visage. Elle le maquille pour qu'il soit beau le jour de la messe funéraire et de l'incinération.

Par délai légal, celle-ci est programmée au Père-Lachaise un peu plus d'une semaine plus tard, le 10 janvier.

L'église où a lieu la cérémonie est encore égayée des décorations des fêtes. Des personnages en papier mâché, taille réelle, représentent Marie, Joseph, le bœuf et l'âne, tous réunis autour du Jésus nouveau-né dans une crèche colorée et grandeur nature. La gaieté de Noël flotte entre les murs sacrés.

Les jours précédents, la mère s'est longuement entretenue au téléphone avec le prêtre. Ils ont beaucoup parlé du Dieu amour. Tout s'annonce donc pour le mieux. Au moment du sermon, il s'emporte dans une longue tirade sur le Dieu vengeur. Pour parfaire le tout, le lecteur CD diffusant la musique choisie par les parents ne cesse de sauter.

Suivent l'incinération, la descente des cendres à la concession, le retour à l'hôpital. Elle n'a qu'une envie : partir. Loin. Vite. Elle n'en peut plus. Hospitalisée depuis des mois, elle ne supporte plus les drains et les perfusions. Les infirmières l'ont tellement piquée partout qu'elles n'ont plus à disposition que les veines des mains. Seule leur peau n'est pas auréolée de bleus. Mais on refuse de la laisser sortir. La césarienne s'est infectée. Ce ne serait pas prudent. Les assurances et leurs protocoles administratifs exigent qu'elle reste pour fonctionner en cas de complications.

Elle appelle une amie dont la mère est aide-soignante. Celle-ci comprend sa détresse et s'engage à venir lui faire tous les soins nécessaires à domicile. Ils dureront un mois et demi. De toutes ces aiguilles et cathéters, elle gardera pendant plus d'un an une boule douloureuse sur la main.

Épilogue.

Dix mois plus tard, fin octobre. Ils dînent avec mes futurs beaux-parents. Mon prédécesseur est aussi mutique qu'à son habitude. Rien à signaler. Pourtant, elle sent que quelque chose cloche.

Après le drame qui les a frappés, elle a consulté une foule de spécialistes et s'est soumise à une batterie d'examens pour savoir si ce qui est arrivé venait d'elle, si elle était mal configurée et si elle pourrait un jour avoir un autre enfant. Les tests et les analyses n'ont rien révélé d'anormal. Ce qui s'est passé arrive une fois sur mille. « C'est la faute à pas de chance », lui a dit avec une profonde philosophie un grand ponte de la médecine obstétricienne avant d'ajouter, avec une finesse psychologique rare : « Vous êtes jeune, vous avez un utérus, alors tout va bien. »

La soirée se déroule. Sans anicroche. Ils se séparent. Chacun rentre chez soi. Les beaux-parents à leur hôtel, eux dans leur appartement.

Alors qu'ils montent les marches de l'escalier, il s'arrête. Elle se retourne vers lui et lui demande ce qu'il se passe.

— Je ne t'aime plus, dit-il.

Elle reste impassible, encaisse, tandis qu'il reprend son ascension, abandonnant là celle qui me dirait, le jour où elle me raconterait cette funeste histoire : « Ferdinand aura été une petite comète. Il aura vécu cinq jours, un siècle et un millénaire. »

Juin 2008.

Le soir est tombé sur cet étrange samedi. Je me suis installé à mon bureau itinérant, dans la salle à manger. J'ai essayé de travailler, ou plutôt d'en donner l'illusion. Je ne réussissais pas à me concentrer. Mon esprit était sans cesse ramené au lendemain matin. J'ai néanmoins continué à donner le change de la même façon que je l'avais fait pendant toute la journée. Je ne voulais pour rien au monde aggraver le stress de ma femme, qui était palpable malgré sa volonté de le cacher aussi.

Depuis qu'elle m'avait annoncé sa grossesse, j'avais été en proie à des sentiments contradictoires. D'un côté, j'étais fou de joie. La perspective de cet enfant m'avait coupé d'un coup de mon petit nombril et de mes petites préoccupations. J'expérimentais une radicale décentration, un véritable arrachement à moi-même. Pourtant je me sentais plus fort que je ne l'avais jamais été auparavant. Je n'accomplissais déjà plus les choses pour moi, mais pour cette vie en devenir dont j'allais avoir la charge et la responsabilité. Professionnellement, je ne m'embarrassais plus de circonlocutions diplomatiques ou d'affaires fumeuses. Je tranchais avec une netteté dénuée de complexes qui me surprenait moi-même et qui, je l'avoue, n'était pas pour me déplaire. D'un autre côté, je flippais. Le typique trentenaire tant décrit par la littérature du même âge. Crainte de l'inconnu avec I majuscule. Trouille de perdre ma liberté avec un grand L. Angoisse de voir mes années d'insouciance révolues. Peur de devenir irrémédiablement adulte.

Même si je n'en laissais rien paraître, j'étais partagé entre une euphorie absolue et un abattement extrême. J'essayais d'être aussi présent et attentionné que possible, et je courais après cette jeunesse que je voyais s'enfuir, bientôt perdue, en sortant jusqu'à l'aube, en buvant jusqu'à plus soif et en abusant de toutes les drogues qui me passaient sous le nez ou à portée de main. C'était à la fin d'une de ces nuits excessives que je m'étais retrouvé au petit matin avec Vladimir, devant la sortie d'une boîte à la mode. J'étais cramé par toutes sortes de substances illicites sans pour autant être carbonisé ou bon à m'affaler dans le caniveau. Je brûlais de lui dire – à lui qui n'a jamais connu son père biologique – ce secret que ma femme et moi finirions par avouer à quelques intimes dans les semaines suivantes. Je n'ai pas résisté. Sa légèreté et son détachement apparents ont cédé la place à l'expression d'un bonheur intense. Il m'a regardé longuement, avant de me serrer dans ses bras et de me dire cette phrase sublime et définitive :

« Maintenant, tu vas devenir un homme. » Je l'ai rarement vu si heureux.

Au-delà de mes angoisses immatures liées à ma petite personne, la plus grande de toutes n'était pas pour moi, mais pour ma femme. Après ce qu'elle avait traversé avec Ferdinand, j'avais à cœur qu'elle vive pleinement cette nouvelle grossesse. À la différence de mon prédécesseur, je veillais à être attentif et sensible aux bouleversements de son corps. Tous les soirs, je me couchais derrière elle, en cuillère, et m'endormais avec ma main posée sur son ventre. Dans la vie de tous les jours, je m'employais à ce qu'elle se ménage, même si cela n'était pas dans ses habitudes. Trois soirs par semaine, mes activités me conduisaient à deux rues de là où elle travaille. Lorsque j'avais fini, je passais à son bureau, l'obligeait à éteindre son ordinateur et à rentrer à la maison. Même lorsque je partais en vrille, la nuit, à la poursuite hystérique de ma jeunesse que j'imaginais à tort en perdition, je m'endormais toujours contre elle, ma main posée sur son ventre. Et puis j'avais peur pour elle. Peur que quelque chose se passe mal, se grippe et compromette sa maternité. À mes appréhensions de devenir père se substituaient plus fortement encore celles de ne pas le devenir. Pour moi, mais surtout pour elle, parce que je ne voulais pas que le drame qu'elle avait vécu se répète. Le matin, quand elle s'éclipsait aux toilettes, je craignais de la voir revenir décomposée.

Pour me rassurer, je me remémorais tous les moments heureux que nous avions vécus. Je pratiquais la superstition à la carte. Je me disais que nous étions bénis des dieux. Que rien ne pouvait nous atteindre. Que chacun de nous avait déjà payé son tribut de galères et de tourments. Je voulais croire en ma bonne étoile. Elle ne pouvait pas m'avoir tiré de tant de mauvais pas, m'avoir ensuite offert un tel cadeau, pour me le reprendre maintenant.

Je ne m'étais pas déguisé pendant toute mon enfance en Superman et en Zorro pour me laisser abattre par des hypothèses alarmistes. Je suis un mec du Sud-Ouest. J'ai du sang basque dans les veines : le pire, donc le meilleur. J'ai été élevé dans la terre de d'Artagnan et de Cyrano. Ils sont mes cousins germains mythologiques. Je suis trempé dans le même acier qu'eux. Demain, aujourd'hui ne serait qu'un mauvais souvenir. Ces petites pertes de sang ne seraient la perte de rien. Et si jamais elles avaient le front et l'outrecuidance de continuer, direct à l'hôpital. Pour confirmer que tout était dans l'ordre, que ce n'était qu'une bagatelle, une plaisanterie d'un goût douteux mais momentanée. « Si tu ne viens pas à Lagardère, alors Lagardère viendra à toi ! »

J'avais beau me draper des étoffes éclatantes du chevalier blanc, défenseur masqué de la veuve et de l'orphelin, mes craintes revenaient sans cesse en rase-mottes assourdissant dans ma tête. J'aurais aimé téléphoner à Vladimir ou à l'un de nos rares amis au courant de la grossesse de ma femme. Mais pour cela, il aurait fallu que je m'isole dans la cuisine, que je chuchote. Trop suspect. Je ne devais pas laisser transparaître la bile qui me minait les entrailles. Je devais avoir l'air fort, détendu, confiant, rassurant.

J'ai quitté ma table de travail, où je n'avais fait que brasser mes pensées et mes inquiétudes, pour rejoindre ma femme, qui lisait allongée sur notre lit. Je l'ai embrassée et me suis allongé à ses côtés.

— J'ai mal, tu sais ?

Je me suis retranché derrière un sourire de circonstance pour ne pas me laisser envahir par une émotion dévastatrice.

— Où ça ?

— Là, m'a-t-elle répondu en me montrant le dos de sa main gauche. C'est là que j'ai eu cette boule pendant un an, après la mort de Ferdinand.

Calme. Ne pas y voir l'un de ces signes débiles auxquels je ne crois pas. Ne pas céder à la lame de tristesse qui me submergeait. Surtout ne pas céder.

La nuit avait brûlé le ciel. Il était déjà tard. Le vrombissement estompé de la rue nous berçait lentement. J'ai pris un somnifère. Je me suis lové contre elle et j'ai posé ma main sur son ventre. Doucement, elle me l'a retirée et l'a remontée sous sa poitrine.

Encore un mauvais présage ? Non. Ce geste et l'évocation de cette boule sur sa main s'annulaient l'un l'autre. Comme en mathématiques, le produit de deux nombres négatifs est un nombre positif. Après avoir erré dans ces méandres algébriques, je me suis cndormi.

Été 2005.

Le soir où je l'ai rencontrée, elle m'a quitté en posant sa main sur mon ventre. Il était cinq heures du matin.

Cet été-là, je sortais d'une liaison qui m'avait laissé exsangue de sentiments et de désirs. Une perverse narcissique. Une vraie. Un cas d'école. Qui vous rend fou. Qui vous coupe de tous vos amis pour mieux vous rendre dépendant de sa déviance et de sa méchanceté. Qui vous tient par vos vices et vos faiblesses sexuelles. Qui vous fait prendre l'ombre pour la proie. Qui vous lamine la gueule jusqu'à ce que vous ne soyez plus qu'un piteux et pathétique tas de cendres. Qui pulvérise toute estime de soi en vous.

Cet été-là, donc, n'espérant rien, je m'étais retiré pour une semaine de vacances chez ma marraine, dans le Pays basque. Je n'y étais pas retourné depuis l'âge d'or de mes années d'adolescence. J'étais tellement atomisé par ma cinglée que je décidai de partir en torche totale et de m'offrir une parenthèse de folie digne de mes quinze ans. Je décrétai un programme de « sea, sex and rock'n'roll » : sortir, rire, surfer, et tirer tout jupon passant à portée de ma braguette. La légèreté et la connerie pour seule devise.

La fin de mon séjour approchait. Plus qu'une nuit à passer dans cette obscurité lumineuse à l'hystérie espagnole. Le lendemain, en début de soirée, je repartirais à Bordeaux où je devais héberger pour quelques jours un copain de Paris et sa nana de l'époque.

Si j'avais surfé et si j'étais sorti autant que je l'avais décrété, le volet « sexe sans lendemain » de mon planning estival n'avait pas trouvé nombre de preneuses. Le bilan était même un zéro pointé, le néant absolu. Mon récent fiasco avec ma frappadingue avait laissé plus de séquelles que je ne l'imaginais. Je me faisais l'impression d'une chemise lacérée de centaines de coups de rasoir. Sur le plan sentimental et sexuel, j'étais encore d'une neurasthénie absolue. Je n'avais plus d'envies. Je n'attendais plus rien ni personne et rien ni personne ne m'attendait plus.

La veille de mon départ, en fin d'après-midi, alors que je sortais de la douche après une intense journée de plage et de surf, je reçus un coup de téléphone de Gina, une amie lesbienne drôle et excentrique. Une grande plante à la verve aussi bien pendue que sa poitrine renversante de possibilités et de promesses.

— Monsieur le vicomte, la marquise de Merteuil à l'appareil !

Nous nous étions rencontrés un mois et demi plus tôt, dans une vente privée de vêtements de marque à prix cassés. J'y travaillais pour me refaire de mes excès avec ma folle qui m'avaient aussi laissé financièrement sur le carreau. L'organisateur, Richard, depuis devenu comme mon frère, l'un des rares à avoir été mis au courant de la grossesse de ma femme, était un proche de cette merveille plantureuse.

— Gina ! Chère marquise, comment allez-vous ?

Nous avions sympathisé et, en compagnie du fameux Richard, fait quelques fêtes mémorables, d'où étaient sortis nos sobriquets empruntés avec prétention aux *Liaisons dangereuses.* À l'occasion d'un déjeuner au soleil, Gina m'avait fait une proposition suffisamment indécente et malhonnête pour me séduire : « Je travaille dans une boîte de pub où il n'y a que des femmes, m'avait-elle dit. Et que des femmes qui aiment les hommes, donc rien d'intéressant pour moi. Comme elles sont plutôt mimi, est-ce que ça te dérangerait de t'en occuper à ma place ? » Inutile de dire que j'avais signé avec enthousiasme le pacte moral qu'elle me proposait.

— Mon chéri, tu te souviens de ce dont nous avons discuté l'autre fois, concernant les filles de mon agence ?

— Comment aurais-je pu l'oublier ?

— Eh bien, figure-toi que ma préférée arrive à Biarritz ce soir. Elle vient passer le pont du 14 Juillet chez ses parents qui ont une maison là-bas. Je lui ai donné ton numéro, elle va t'appeler.

— Parfait.

Le cœur n'y était pas, mais je ne voulais pas briser son enthousiasme.

— Je te donne également le sien, par sécurité. Tu as de quoi noter ?

J'avais rentré le téléphone de cette inconnue dans la mémoire de mon portable.

— Bien ! Soyez digne de la confiance que je place en vous, vicomte...

— Marquise, comptez sur moi pour vous faire un rapport circonstancié.

J'avais fini de me sécher, m'étais habillé et étais parti aider mon cousin Luca à préparer le grand barbecue décadent qu'il organisait chez lui.

Entre-temps, j'avais échangé quelques SMS avec la jeune femme dont Gina m'avait donné les coordonnées. Là non plus, je n'attendais rien de particulier du rendez-vous que nous nous étions fixé à dix heures du soir, devant la boutique Hermès. J'y allais pour boire un verre, espérant qu'elle serait drôle et sympathique.

Lorsque j'ai quitté la soirée de Luca sur le scooter déglingué qu'il m'avait prêté pour mon séjour, j'étais loin de me douter que j'allais rencontrer une inconnue qui, deux ans plus tard, deviendrait ma femme.

Le jour vint ; elle mit un autre enfant au monde,
Et le père joyeux cria : – C'est un garçon.
Mais le père était seul joyeux dans la maison ;
La mère restait morne, et la pâle accouchée,
Sur l'ancien souvenir tout entière penchée,
Rêvait ; on lui porta l'enfant sur un coussin ;
Elle se laissa faire et lui donna le sein ;
Et tout à coup, pendant que, farouche, accablée,
Pensant au fils nouveau moins qu'à l'âme envolée,
Hélas ! et songeant moins aux langes qu'au linceul,
Elle disait : – Cet ange en son sépulcre est seul !
– Ô doux miracle ! ô mère au bonheur revenu ! –
Elle entendit, avec une voix bien connue,
Le nouveau-né parler dans l'ombre entre ses bras,
Et tout bas murmurer : – C'est moi. Ne le dis pas.

Victor HUGO,
Les Contemplations.

Juin 2008.

Dimanche matin. Les somnifères m'ont aidé à dormir d'un sommeil sans rêve. Dehors, le ciel était livide et bas.

Je me suis levé pour préparer le petit déjeuner. Pendant que je m'affairais en cuisine, j'ai entendu ma femme se diriger vers les toilettes. Bêtement, je me suis dit que la chape de nuages accrochée sur la ville ne pouvait que se dissiper dans la suite de la journée. Et nos inquiétudes avec elle.

Elle m'a rejoint. Je continuais d'œuvrer comme si de rien n'était, m'interdisant de lui poser le « Alors ? » fatidique.

— Abricot ou fraise, pour tes tartines ? lui ai-je demandé à la place. Les deux sont possibles aussi, ce n'est pas interdit !

— Je perds encore du sang.

— Beaucoup ? ai-je enchaîné sans cesser de m'activer pour ne pas m'effondrer.

— Comme hier.

— Tu peux me donner le numéro de l'hôpital et m'apporter le téléphone ?

Tout en disposant café, toasts, beurre et confitures sur un plateau, j'appelai les urgences de la maternité. Il n'y avait pas de problème, nous pouvions venir quand nous voulions.

Ma femme est allée prendre sa douche. J'attendais mon tour dans le fauteuil, les yeux rivés sur le tableau fixé au mur du salon.

À l'origine, cet appartement était occupé par mon amie Christel et son fils. Peintre versée dans l'ésotérisme, les tarots et les anges, elle nous avait tiré plusieurs fois les cartes quand nous étions venus dîner ici. Pendant l'une de ces séances, elle avait dit à ma femme que l'âme de Ferdinand attendait pour se réincarner, et qu'il reviendrait probablement, sous une enveloppe différente, lorsqu'elle aurait un enfant avec moi. N'accordant tous les deux que peu d'importance à ces histoires irrationnelles, nous nous étions contentés d'acquiescer avec des « hum hum » dignes d'un psychiatre blasé par des dizaines d'années à écouter les névroses de ses patients.

Nous en avions reparlé en riant le soir, et nous étions passés à autre chose. Jusqu'au jour où, pendant notre emménagement, après avoir décollé le papier peint du salon, nous avions découvert une inscription faite à la colle, et dont l'ambiguïté de la calligraphie permettait deux lectures possibles. On pouvait lire soit « Mama », soit, à cause de l'étrange prolongement de la queue du *a*, « Maman ». Nous avions frotté avec une force de dératés pour effacer ce mot, mais, malgré tous nos efforts, les lettres subsistaient de manière lisible. Nous les avions dissimulées derrière un tableau de Venise.

Comme la veille, j'ai repensé au poème de Victor Hugo, « Le Revenant ». Comme la veille, j'ai été frappé par l'improbable concordance des dates. Quand la gynécologue avait confirmé à ma femme qu'elle était enceinte, elle avait estimé avec une science qui m'échappe la date de la fécondation et, de là, le terme probable de sa grossesse. D'après ses calculs, l'accouchement aurait lieu fin décembre de cette année. Et Ferdinand était né le 29 décembre 2000.

L'eau a cessé de couler et ma femme est sortie de la douche. Je m'y suis glissé pour me laver et chasser ces pensées superstitieuses.

Été 2005.

J'avais garé mon scooter en pestant contre mon quart d'heure de retard. J'ai toujours été d'une ponctualité quasi obsessionnelle. Un véritable horaire SNCF ambulant. Je déteste poireauter, alors j'essaie de ne jamais faire attendre les autres. C'est là mon seul côté stalinien.

À cinquante mètres du lieu de rendez-vous, à peine, je m'étais fait arrêter à un feu par deux policiers. Pourtant j'avais mon casque, je respectais la limitation de vitesse, tout bien, mais la carcasse motorisée que m'avait prêtée mon cousin cumulait les tares et les mauvais points : pas de rétroviseur, le frein arrière HS, les pneus lisses et une assurance qui avait expiré seulement deux ans auparavant. À cela s'ajoutait le démarreur manuel, qui fonctionnait quand il en avait la fantaisie. La plupart du temps, il fallait s'y reprendre une bonne dizaine de fois au cric, encore plus capricieux que son confrère du guidon. Et, cerise sur le tableau de bord, je n'avais pas les papiers du deux-roues. De toute façon, ils avaient autant expiré que l'engin promettait de le faire dans un avenir proche. L'amende s'annonçait plus salée que l'Atlantique, mais, par un hasard inespéré, les deux plantons se sont bornés à me gratifier d'un « Allez, circulez ! » libératoire. Plutôt que de m'embrouiller dans des explications abracadabrantesques – ce n'est pas mon véhicule, c'est celui de mon cousin, il ne s'en est pas servi depuis au moins un an, et blablabla –, je m'étais contenté de leur dire que j'avais rendez-vous avec une fille, là, devant chez Hermès. C'est le Pays basque. Ici, il y a des priorités non négociables : le rugby, le surf, les potes, l'apéro et les nanas.

Je finissais d'attacher mon tombereau lorsqu'une petite voix m'avait interpellé.

— Bonsoir…

Je m'étais retourné et avais découvert un modèle réduit de jeune femme. Au premier abord, elle m'était apparue jolie, mais pas ravissante.

— Bonsoir !

Nous nous étions avancés l'un vers l'autre pour les deux bises de civilité.

— Désolé pour le retard, mais je me suis fait arrêter par les flics, là-bas, et il s'en est fallu de peu pour que je prenne cher…

— À cause de…, m'avait-elle interrogé en désignant le scooter.

— Vu l'épave, c'est pas étonnant non plus…

Digne d'un chien de salon, je n'avais pu m'empêcher d'ajouter l'une de ces remarques mondaines dont j'ai le secret :

— Pour un chevalier servant, c'est pas vraiment ça !

Nous nous étions ensuite mis en route pour aller boire un verre au port des Pêcheurs. Plus tard, elle devait m'avouer que, si je n'étais pas arrivé sur un engin aussi pourri, elle n'aurait pas été si bien disposée à mon égard. Pire : si elle m'avait rencontré dans une soirée parisienne où je n'aurais eu de cesse de jouer les « chabada », comme elle dit quand elle se moque de moi, elle ne m'aurait même jamais adressé la parole.

Nous avions marché sur la promenade de la Grande Plage jusqu'à notre destination. Déjà, pendant le trajet, la conversation était facile. Plus je l'écoutais et plus je la regardais, plus je la trouvais belle. J'aimais les intonations de sa voix, sa démarche aérienne, l'éclat clair de son rire. Et puis, il y avait quelque chose dans son visage, un je-ne-sais-quoi dans son expression qui me touchait et m'attendrissait.

Une fois attablés autour d'un pichet de sangria, nos échanges avaient vite pris une tournure intime. Je lui avais détaillé mes derniers déboires en date. Elle m'avait raconté les siens, avec des hommes qu'elle surnommait « les magiciens ».

— Tu les connais depuis une ou deux semaines. Tout se passe bien. Tout est cool, sans pression ni obligation. On se voit, on se voit pas, c'est pas grave. Le but, c'est de prendre du bon temps ensemble. Et là, du jour au lendemain, alors que tu leur as jamais demandé de t'épouser ou de te faire un enfant, pffft, ils disparaissent !

Entre les lignes, je comprenais qu'elle non plus n'attendait plus rien ni personne.

Plus tard, au hasard de nos paroles, elle m'avait confié l'histoire de Ferdinand. Sa sérénité m'avait impressionné. Mes déconvenues et tracas avec ma perverse hystérique m'avaient semblé d'une insignifiance crasse. J'avais recommandé un pichet et la discussion avait continué son cours.

Lorsque le bar avait fermé, elle avait voulu fumer un pétard et me montrer son endroit préféré de Biarritz. Je ne fumais plus d'herbe depuis déjà dix ans, mais je ne nous imaginais pas nous quitter maintenant. D'autant que son pouce difforme et disgracieux, dont elle m'avait vanté les mérites, avait achevé de me séduire.

Elle m'avait emmené plus haut, sur un des bancs de la place de l'ancien casino. Point de vue imprenable sur l'Hôtel du Palais et la baie de la Grande Plage. Pendant qu'elle fumait, je m'étais allongé sur le dos en prenant soin de lui laisser penser que j'allais poser ma tête sur ses cuisses pour, en définitive, atterrir à quelques centimètres de sa jambe. Une vieille ruse de séducteur des baïnes, pour agacer l'air d'une certaine ambiguïté érotique.

Nous avions continué de bavarder, mais nous étions interrompus par des fêtards de mes connaissances qui, cherchant un rade où se noyer le cerveau, s'asseyaient avec nous, prenaient part à la conversation, partaient, revenaient. Quand l'un des convives du barbecue de mon cousin Luca avait manqué nous écraser en s'affalant de toute son ivresse sur le banc, nous nous étions éclipsés.

La nuit avait alors pris une tournure d'errance joyeuse telle que je n'en avais pas connu depuis bien longtemps. Peut-être d'ailleurs depuis l'été de mes quinze ans, ici, à Biarritz. De ces flâneries nocturnes d'adolescents où l'on parle pour prolonger l'instant et repousser celui où il faudra se séparer.

Au fil de nos tours et de nos détours, nous avions fini par nous retrouver à notre point de départ, devant chez Hermès. Nous étions tous les deux surpris d'en être déjà là, à bientôt cinq heures du matin. L'océan était calme, pire qu'un lac. Il n'y aurait pas de vagues dans les jours à venir, donc pas de surf. Aussi pouvais-je rentrer à Bordeaux et accueillir mon couple d'amis sans regret.

Nous avions fumé une dernière cigarette. Elle s'était assise sur la selle du scooter. Je la trouvais belle à hurler.

— Tu as quelqu'un en ce moment ? m'avait-elle demandé les yeux furetant le plus loin possible de moi.

— Non. Et toi ?

— Rien d'important.

Nos cigarettes étaient terminées. Elle s'était levée et nous nous étions fait la bise après avoir plusieurs fois manqué de nous embrasser en tournant la tête dans la même direction. C'est là que, avant de partir, elle avait posé sa main sur mon ventre.

Je m'étais retourné pour la regarder s'éloigner, espérant comme un amoureux transi qu'elle ne disparaîtrait pas sans se retourner. Ce qu'elle avait fait en m'adressant un dernier signe de la main.

Ma poubelle à deux roues avait démarré du premier coup et j'avais pris le chemin de chez ma tante, à Bidart, vingt minutes de route si je ne me faisais pas encore arrêter.

Pendant le trajet du retour, j'avais un sourire bête et béat agrafé jusqu'aux oreilles. Je me sentais bien. Je me sentais con. J'étais heureux d'être con. J'avais quinze ans. J'étais amoureux.

Pourtant, je partais dans un peu plus de douze heures et je ne la reverrais pas.

Juin 2008.

Dix heures du matin. Les rues étaient calmes, la circulation quasi inexistante. Le blanc stagnant du ciel semblait agrippé aux toits des immeubles. Nous sommes montés dans un taxi. L'hôpital où était prévu l'accouchement se trouvait à l'autre bout de la ville. Hors de question de prendre les transports en commun. Surtout un dimanche où, comme toute la France, ils sont au ralenti.

La radio diffusait l'*Ave verum Corpus* de Mozart, interprété par Kiri Te Kanawa. Nous avions choisi cette musique pour l'échange des consentements lors de notre mariage. J'essayais de me raccrocher à ce que Christel aurait sans l'ombre d'un doute considéré comme un signe positif annonciateur d'un heureux dénouement. Pourtant, rien n'était moins évident. Cette pièce très courte – trois minutes à peine – fait figure d'objet musical non identifié dans l'œuvre du grand compositeur. Même si l'on reconnaît sa griffe et son phrasé dès les premières mesures, le développement déjoue toutes nos attentes. D'une tonalité douce et contenue, on anticipe l'instant où éclateront le brio des arias et la virtuosité des contrepoints. Mais ceux-ci ne viennent pas. Jamais. La retenue et la sobriété demeurent jusqu'aux dernières notes, qui s'éteignent avec la délicatesse d'une feuille morte se posant sur le sol.

J'étais paumé. Je ne savais plus à quel saint ni à quelle superstition me vouer. D'un côté, cette évocation inattendue de notre mariage en pareilles circonstances pouvait sembler de bon augure, mais, de l'autre, cette explosion qui n'advient pas, tel un début qui ne prend pas ou qui n'a pas de suite, pouvait être interprétée comme un mauvais présage.

J'ai entrouvert la vitre et l'air de ce matin aux couleurs de cendres a emporté ces tergiversations stériles. Oscar Wilde avait raison : voir des signes partout rend la vie absolument impossible.

Pendant le trajet, j'ai repensé au parcours du combattant, presque un chemin de croix, qu'il faut mener pour avoir un enfant.

Tomber enceinte, ce qui n'est parfois pas une sinécure. Dans notre cas, au moins, la première tentative avait été la bonne, ou presque.

Trouver un hôpital où il reste des « lits » disponibles pour l'accouchement. À croire que tout le monde se passe le mot pour arriver à terme le même jour.

Vérifier, dès le début de la grossesse, qu'il n'y a pas d'incompatibilité entre les rhésus sanguins des deux géniteurs, car cela se reproduit entre la mère et le futur enfant. Les nôtres s'étaient avérés opposés : négatif pour ma femme (A^-), positif pour moi (0^+). Au moindre saignement, même bénin, le corps de ma femme développerait des anticorps pour détruire les globules rouges du fœtus, considéré comme une menace. Ce phénomène pouvait entraîner une anémie sévère, accompagnée d'œdème, de jaunisse, voire de lésions cérébrales exigeant une transfusion ou le remplacement du sang de l'embryon. Le jour où elle m'avait annoncé cette nouvelle par téléphone, au sortir du laboratoire où elle venait de récupérer les analyses, je m'étais retrouvé désemparé. Elle m'avait rassuré. C'était normal. Ou du moins extraordinairement courant. Elle l'avait déjà vécu la première fois. Elle devait juste effectuer des prises de sang régulières pour s'assurer que tout se déroulait bien, et subir une injection d'anti-D dans les soixante-douze heures suivant l'accouchement pour éviter que les anticorps hostiles au bébé ne se retournent contre elle. De même si jamais elle venait à perdre du sang, mais elle ne voyait pas pourquoi cela arriverait. Anxieux et angoissé de nature, c'est à partir de là que j'ai commencé à m'inquiéter chaque fois que je la voyais revenir des toilettes.

Et ce n'était là que le début. Restaient les différentes échographies pour contrôler le nombre de doigts, d'orteils, l'épaisseur de la nuque, élément révélateur d'une possible malformation ou d'une trisomie, l'amniocentèse qui s'ensuit s'il y a un doute sur le sujet, et qui peut précipiter les complications liées à l'incompatibilité des rhésus sanguins et favoriser une fausse couche, sans parler des millions d'imprévus pouvant surgir à tout moment. Je n'avais donc pas fini de me faire un sang d'encre. J'espérais bien ne pas en avoir fini, d'ailleurs, dussé-je vomir tous les jours ou perdre dix kilos d'huile. Toujours mon vieux pote Cyrano, se battant au seuil de la mort contre les fantômes de ses vieux ennemis : « C'est bien plus beau lorsque c'est inutile. »

Le taxi nous a laissés devant l'entrée principale de l'hôpital. Nous avons demandé à un homme posté dans une guérite où se trouvait la maternité. Il nous a indiqué un pavillon en haut de l'allée.

Après avoir quelque peu erré, nous sommes entrés dans cet univers aseptisé. À l'accueil, la jeune femme assise derrière le comptoir était aussi aimable qu'une porte de prison.

— C'est pour quoi ?

Ni bonjour ni merde. Rien.

Je déclinai notre identité et les raisons de notre visite. Notre geôlière avait un terrible strabisme divergent à l'œil gauche qui la rendait plus terrifiante encore.

— Attendez là, nous a-t-elle dit en désignant des fauteuils verts et rouges encastrés en rang d'oignons dans les murs. Je vais prévenir l'interne de garde.

Nous l'avons remerciée et sommes allés nous asseoir.

A commencé alors la mère nourricière de toutes les interrogations et de toutes les inquiétudes : l'attente.

Été 2005.

J'avais ouvert les yeux avec aux lèvres le même sourire de béni-oui-oui qu'en me mettant au lit. Je n'avais dormi que trois heures morcelées, mais je n'étais pas fatigué.

Mon premier geste avait été de me ruer sur mon portable. J'espérais y trouver un SMS de celle que j'avais quittée peu avant l'aube, mais ma boîte de réception était désespérément vide. Il n'y avait que les messages que nous avions échangés après nous être séparés.

Moi :

Merci pour le ravissement…

Facile, mais efficace.

Elle :

Non, à toi, pour le ravissement…

D'où mon sommeil agité.

Je m'étais levé et avais croisé Nathalie, ma marraine, qui partait ouvrir son école de surf.

— Déjà debout ? m'avait-elle demandé, surprise de me voir émerger si tôt malgré l'absence tragique de vagues.

Chez elle, tout le monde surfe. Ses trois enfants « United Colors of Benetton », comme on les appelle dans la famille – Luca, Pépito, Alix, dans l'ordre d'apparition, tous les trois nés de pères différents : Italien pour le premier, adopté au Brésil pour le deuxième et Français pour la troisième –, son compagnon François et ses deux fils nés d'un premier mariage, Jérémy et Justin. Leur maison est la Mecque de cet art aquatique : des dizaines de combinaisons de différentes épaisseurs pour affronter toutes les températures et toutes les saisons, idem pour les planches, tous les modèles et toutes les tailles adaptés à tous les types de vagues. Ici, on pense surf, on parle surf, on mange surf, on boit surf, on dort surf, on rêve surf, on vit surf. Je les soupçonne d'ailleurs, dans quelque recoin obscur et dérobé, d'avoir érigé une chapelle secrète dédiée à Poséidon ou à Neptune.

Je m'étais ébouriffé les cheveux pour toute réponse et avais raconté à ma marraine ce qui m'était arrivé la veille.

— Pourquoi tu l'appelles pas ?

— Il est à peine neuf heures, je voudrais pas la réveiller…

— Envoie-lui un texto alors ?

— Et si elle a pas coupé son portable ? Le bip aussi peut la réveiller…

— Et tu vas faire quoi, rentrer à Bordeaux ce soir comme un con ? Si elle veut vraiment ne pas être réveillée, elle aura éteint son téléphone, tu crois pas ?

— C'est vrai…

— À mon avis, elle a pas dû beaucoup dormir non plus. Et je suis prête à parier qu'elle est en train de se poser les mêmes questions que toi.

— Tu crois ?

J'avais à peine prononcé ce « Tu crois ? » que j'en mesurais toute la bêtise. Nathalie avait haussé les épaules et levé les yeux au ciel avec un « Bien sûr ! » qui m'avait confirmé à quel point j'étais niaisement amoureux.

— Allez, crois-en ma vieille expérience. Y a du café et des chocolatines sur le bar. À plus tard à la plage. Ou pas…

Elle m'avait fait un clin d'œil et était montée dans son van bariolé au nom de *L'École des Vagues*. Je m'étais servi du café et avais allumé une cigarette. J'avais hésité à goûter une viennoiserie, mais je n'avais pas faim.

J'avais tergiversé encore un bon quart d'heure en fumant sans discontinuer, avant de sortir dans le jardin. On voyait distinctement la Rhune tant le ciel était dégagé. Il faisait déjà chaud. Le soleil promettait de bastonner cet après-midi.

Puis j'avais pris mon courage à deux mains et lui avais envoyé :

J'ai rêvé de vous malgré la brièveté de la nuit, et, très franchement, ce n'était pas tout à fait un cauchemar… Et vous, bien dormi ? Baisers

À peine avais-je envoyé ce message que j'en avais mesuré le ridicule consommé. J'étais consterné. Je me consternais. Au moins, cela éclaircissait mes intentions. Et devait provoquer une réponse sans ambiguïté.

Mais rien. Silence radio. J'avais fumé comme un condamné à mort, creusant des tranchées dans le gazon tant j'allais et venais dans le jardin.

Une demi-heure plus tard, elle avait fini par me répondre :

Bonjour, ravie que vous ayez bien dormi, ce qui ne fut pas mon cas. Trop énervée par cette nuit peut-être. Câlins.

Elle ne fermait pas la porte. Restait néanmoins à s'engouffrer dans la brèche.

Moi :

J'ai eu du mal également à trouver le sommeil… Votre présence entêtante a flotté longtemps autour de moi… Je regrette de devoir partir aujourd'hui.

Ou comment avoir autant d'esprit qu'un concombre surgelé et des sabots plus lourds que Gulliver. Ma gaucherie m'affligeait.

Elle :

Peut-être pas autant que moi. J'aurais aimé profiter de vous, un petit peu.

Déjà ce qui deviendrait son fameux « un petit peu ».

Moi :

> Vous aurez tout le loisir de profiter de moi, et même d'en abuser, j'espère, sans modération… Envie de vous voir…

Me connaissant, ce cache-cache digital aurait pu durer longtemps, et on y serait encore, mais mon téléphone avait sonné. C'était elle. Rendez-vous fixé dans une demi-heure pour un bain, plage du Miramar.

J'avais filé sous la douche plus vite qu'une Formule 1, m'étais savonné en un temps record, lavé les dents quatre fois de suite, avais englouti trois chewing-gums pour ne pas avoir une haleine de dentifrice, mis mon casque en grognant contre le cheveu plat qu'il allait me faire, enfourché mon épave à deux roues après avoir bataillé dix minutes pour la démarrer, et, avec un amour aussi soudain qu'infini pour ma marraine, j'avais mis les gaz.

Juin 2008.

Ce n'était pas trop sinistre pour un hôpital : les murs étaient colorés, une zone en renfoncement était jonchée de jouets, des magazines consacrés à la natalité s'empilaient sur des tables basses séparant certains des fauteuils où nous attendions l'arrivée de l'interne. En même temps, nous étions dans une maternité. Une déco glauque pour un lieu où éclôt la vie aurait été inappropriée.

Cependant, toute cette joyeuse vie enfantine et intra-utérine qui nous cernait de toutes parts me ramenait plus intensément encore à l'angoisse de ce qui, peut-être, nous attendait. M'est alors revenue à l'esprit cette remarque de ma femme quand elle m'avait raconté l'histoire de Ferdinand et ses conséquences désastreuses sur sa relation avec mon prédécesseur : « Tu sais, comme vous ne portez pas l'enfant, je crois qu'un homme ne comprend qu'il est père qu'une fois le bébé né. Même s'il se familiarise avec l'idée grâce aux différentes échographies, à la préparation de l'accouchement, au corps de sa femme qui change, aux premiers coups de pied, je pense qu'il n'en prend véritablement conscience que lorsque le petit est là, et qu'il le tient dans ses bras. » D'où, selon elle, la radicalité de la réaction de son ex, liée à la violence du choc qu'avait dû représenter pour lui la proximité entre sa paternité et le deuil de leur fils.

Comment réagirais-je, moi, si jamais je prenais conscience que j'allais être père en comprenant que je ne le serais pas ?

Un couple s'est assis à quelques sièges de nous. La femme approchait de son terme. Ils nous ont souri avec l'air de dire : « Bienvenue dans la confrérie des futurs parents. Nous, c'est pour très bientôt. Et vous ? » Cette attention teintée de connivence communautaire m'a crispé, comme le sourire que je leur ai retourné par pure politesse.

Suivie de son assistante, l'interne est arrivée. Une jolie brune aux yeux verts, jeune, menue, les cheveux courts. Elle a compris sans nous le demander qu'il s'agissait de nous et nous a invités à la suivre. Mon angoisse m'a serré plus encore le ventre.

Nous avons traversé une porte à double battant qui ouvrait sur un couloir et sommes entrés dans une salle où était disposé tout le nécessaire aux examens de cette nature : échographe vaginal, étriers, spéculums, et autres instruments dont j'ignore encore aujourd'hui le nom. L'interne posait une rafale de questions à ma femme : quels sont vos symptômes ? est-ce votre première grossesse ? que s'est-il passé la fois précédente ?

J'aimais son ton sec et direct qu'elle adoucissait par des « ma belle ». Cela me rassurait. « Un petit peu. »

— Vous voulez rester ? m'a-t-elle demandé.

Je me suis retourné vers ma femme.

— Comme tu veux, m'a-t-elle dit.

— Ça te gêne ?

Elle a fait « non » de la tête.

— Docteur, ça pose un problème ?

— Aucun. Agnès, a-t-elle dit à son assistante, donnez une chaise à monsieur.

Ma femme s'est déshabillée et a placé ses pieds dans les étriers. Je me suis assis à côté d'elle et j'ai pris sa main dans la mienne. L'interne a passé des gants stérilisés, puis elle a introduit et écarté un spéculum dans le sexe de ma femme pour pratiquer un premier examen topographique. Je comprenais mieux pourquoi la gent féminine n'aime pas aller chez le gynécologue.

De grosses gouttes de sang tombaient d'entre les jambes de ma femme sur le linoléum gris pâle.

— Compresses.

L'assistante s'est exécutée avant de mettre un drap stérile bleu sur le sol, là où s'écoulait du sang en fonction des manipulations de sa supérieure. J'ai regardé vers les fenêtres. Le même jour cadavérique entrait dans la pièce éclairée par les néons du plafond.

— Ça va, monsieur ? m'a-t-elle demandé.

J'ai hoché la tête.

— Bon, vous perdez un peu trop de sang à mon goût, a-t-elle dit en retirant le spéculum et ses gants avant de les jeter dans une poubelle et d'en ouvrir des nouveaux.

J'ai serré la main de ma femme. Elle s'est tournée vers moi et m'a souri.

— On va regarder plus précisément ce qui se passe.

L'interne a actionné l'échographe vaginal. L'écran s'est éclairé d'une image gris foncé. Elle a mis du gel dans le doigt d'un gant vierge qu'elle a ensuite enfilé sur une sorte de bâtonnet relié à la machine avant de revenir se placer entre les jambes de ma femme.

— Prête ?

Ma femme a fait « oui » de la tête et a fermé les yeux au moment où on introduisait cet étrange doigt ganté en elle.

Été 2005.

Les textos que nous venions d'échanger ne laissaient *a priori* aucun doute sur ses intentions. Et puis nous étions le 14 juillet, un jour de Révolution ! J'étais spécialiste de Mirabeau et de cette période. Ma copine peintre férue d'ésotérisme y aurait vu un signe, comme un destin inscrit dans les astres. Et pour une fois, j'étais disposé à lui donner raison sur tout. D'autant plus que la veille, au fil de notre conversation, nous avions découvert que, à Paris, nous habitions à dix minutes l'un de l'autre, à peine ! Ça allait donc être un truc de fou, à la rentrée, cet hiver : se voir quand on en aurait envie, dormir chez l'un, chez l'autre, rentrer chacun chez soi quand on aurait besoin d'être seuls, pour se reposer… L'idéal.

« Du calme, garçon, du calme… », m'étais-je dit en descendant du scooter que j'abandonnais sans l'attacher sur le trottoir de l'Hôtel du Palais. Rien n'était joué.

J'avais mis ma serviette et mes clefs dans mon casque, jeté mon chewing-gum, vérifié mon haleine en soufflant dans le creux de ma main et m'étais engagé sur l'étrange promenade creusée dans la roche reliant la Grande Plage à celle du Miramar.

En marchant, j'essayais de me motiver pour l'embrasser, d'emblée. Ne rien dire, ne pas parler, mais l'embrasser, comme ça, direct, sans autre forme de sommation ou de préambule. Sinon, je le savais, ça allait être l'enfer. On se dirait bonjour, on s'allongerait sur nos serviettes, engoncés, à l'étroit, on échangerait des banalités et on fumerait clope sur clope – ce qui serait désastreux pour l'haleine. Au passage, j'avais de nouveau vérifié ma fraîcheur buccale. Jusqu'ici, tout allait bien.

Après on irait se baigner, nager loin du large l'un à côté de l'autre. Eh bien, là aussi, je voyais la scène : ça branlerait dans le manche, parce que, malgré les apparences, avec ma timidité maladive, je me connais, je laisserais passer l'instant, de sorte que, une fois de retour sur le sable, contraints et gênés aux entournures sur nos petites serviettes, ça traînerait encore, les silences pèseraient des tonnes, l'heure tournerait, et, sans avoir rien vu venir, il me faudrait partir attraper mon putain de train pour Bordeaux. Et voilà, coche raté. Terminé. Au revoir. On s'appelle, on se fait une bouffe, tralala. Génial.

Je m'approche de la plage du Miramar.

Mais pourquoi c'est toujours à l'homme de faire le premier pas ? Quel abruti a un jour établi cette convention à la con ? Jusqu'à présent, je m'étais toujours débrouillé pour que, dans la majorité des cas, ce soit l'inverse. À chaque fois que j'avais été obligé de prendre l'initiative, j'avais été plus gauche que Pierre Richard. On fait mine de s'intéresser au pendentif de la jeune femme convoitée, espérant qu'elle inclinera la tête pour la cueillir. On fait semblant de s'étirer, dans un canapé ou au cinéma, on passe laborieusement le bras autour de ses épaules avec un raclement de gorge inesthétique à souhait, signifiant un mensonger et préventif : « Quoi, moi ? ! Enfin, ma chère, nous ne nous connaissons ni des lèvres ni des dents, vous n'y pensez pas ! » Le ridicule ne tue pas, mais il meurtrit l'amour-propre. Non, un homme qui a jeté son dévolu sur une femme porte en permanence une sorte de pancarte sur le front, clignotant en lettres rouges des « Je te veux ! » et autres « J'ai envie de toi ! » pires que des gros sabots de plomb.

Cette fois, j'y étais. La plage du Miramar se déployait en arc de cercle devant moi. À mon grand désarroi, après un coup d'œil rapide sur le sable, je l'avais aperçue, déjà là, assise sur sa serviette, tortillant ses cheveux et regardant alentour. Je m'étais extrait de son champ de vision. Je n'avais plus le choix si je voulais éviter la catastrophe de l'engluement façon marée noire. L'haleine, une dernière fois, pour être sûr. Allez moussaillon, haut les cœurs crénom ! À la Cyrano, bon sang : « Un baiser, mais à tout prendre qu'est-ce ? (…) Si votre bouche ne l'ose, que sera la chose ? »

Pour la rejoindre, je devais d'abord contourner une partie de la plage. Une fois sur le sable, comme par un fait exprès, elle avait tourné la tête vers moi. Elle m'avait souri. Moi aussi.

Tout en marchant, je ne cessais de me répéter : « Pas de discussion. Pas de : “Salut comment ça va depuis cette nuit ?” Pas de : “Je te fais la bise et je m’assois.” Rien. Tu l’embrasses. Et point. N’oublie pas que les femmes aiment la timidité quand elle est surmontée. Donc, non, pas de discussion, pas de… », et ainsi de suite, en boucle.

J’étais arrivé. Je m’étais penché vers elle. Elle avait tendu son visage vers le mien, avait commencé à le pivoter légèrement. Mais j’avais suivi sa courbe. Et je l’avais embrassée. Elle avait marqué un bref temps d’hésitation et de surprise. Puis nos langues s’étaient emmêlées. Une vraie pelle d’ado.

Lorsque nos lèvres s’étaient séparées, elle m’avait juste dit :

— Bonjour…

— Plus qu’un bon jour, c’est un beau jour que celui-ci…

Elle avait souri. C’était encore une de mes minables saillies de chien de salon, mais, à cet instant, j’étais bêtement fier de moi.

Juin 2008.

Je n'ai tout d'abord pas bien compris ce qui se passait.

Sur l'écran, je voyais comme une salle étroite ou un corridor exigu avec, au milieu, une forme ovoïde noire. L'interne, en s'approchant de cette zone, faisait osciller l'image dans un mouvement qui me rappelait l'épisode où, dans le premier *Star Wars* historique, les vaisseaux de l'alliance rebelle s'engagent dans une longue travée de l'Étoile de la Mort pour tenter de la détruire en tirant leurs missiles dans une ouverture à peine plus grande qu'une boîte aux lettres. Ce que je ne comprenais pas, c'était pourquoi l'image était en noir et blanc. Il me semblait que, avec les progrès de la science, il aurait dû y avoir la couleur. Je ne comprenais surtout pas pourquoi on n'entendait aucun bruit. D'après ce qu'on m'avait raconté, ce qui était le plus impressionnant, c'étaient les battements assourdissants du cœur du futur bébé. Même à la première échographie. Mais là, rien. Le silence. J'ai failli demander à l'interne si elle avait bien branché le son, quand elle nous a dit :

— Malheureusement, je crois que je n'ai pas une bonne nouvelle à vous annoncer…

À ces mots, ma femme m'a serré la main de toutes ses forces, s'est tournée vers moi et m'a dévisagé. Ses yeux étaient rouges. Je sentais qu'elle se retenait de ne pas éclater en sanglots.

— Le sac est quand même assez gros…

Quoi ? Quel sac ? Je ne comprenais plus rien. C'est à peine si j'entendais les mots de l'interne.

— Regarde, Agnès…

Je n'en croyais pas mes oreilles. Elle n'allait tout de même pas faire un cours de gynécologie appliqué à son assistante encore étudiante en médecine d'après les entrailles de ma femme ?

Elle a dû sentir la colère sourde qui montait en moi, parce qu'elle a interrompu net sa leçon et a retiré le bâtonnet.

— On va vous laisser vous rhabiller…

Elles sont sorties de la pièce. Ma femme a retiré ses pieds des étriers, s'est levée et m'a pris dans ses bras, en larmes.

— Je suis désolée !… Je suis tellement désolée !…

J'avais beau tout faire pour ne pas m'effondrer, je ne pouvais m'empêcher de pleurer moi aussi.

— Arrête, lui ai-je murmuré d'une voix étranglée, arrête, tu n'y es pour rien… personne n'y est pour rien…

Nous sommes restés un long moment dans cette attitude, jusqu'à ce que l'on frappe à la porte et que l'interne rentre avec son assistante. Elle a alors expliqué à ma femme quelles étaient ses options.

— Vous avez deux possibilités. Soit vous prenez des cachets qui vont déclencher des contractions pour évacuer le fœtus de façon naturelle. Je ne vous cache pas que c'est assez désagréable et douloureux. De plus, en ce qui vous concerne, le sac est plutôt gros. Il y a donc un risque que cette méthode ne fonctionne pas.

Silence.

— Soit, a-t-elle repris, vous entrez au bloc demain matin et on pratique un curetage.

J'ai regardé ma femme. Elle fixait le sol.

— C'est à vous de voir. Prenez une demi-heure, parlez-en ensemble en marchant un peu dehors. Et puis revenez me dire.

Ma femme a commencé à remettre son pantalon.

— Et vous, docteur, vous en pensez quoi ? ai-je demandé.

— Je préfère les méthodes radicales. Surtout dans le cas présent, où le résultat avec les cachets n'est pas garanti, ce qui veut dire qu'un curetage sera peut-être de toute façon nécessaire. Je ne suis pas sûre que ce soit une bonne chose de vous infliger ces souffrances supplémentaires. Mais c'est à vous de voir. C'est votre décision. Quelle qu'elle soit, elle ne sera critiquable en rien.

Elle nous a regardés tour à tour. Ma femme avait fini de se rhabiller.

— Revenez me voir quand vous aurez décidé.

Été 2005.

N'importe quoi.

Mes amis ont annulé leur venue à Bordeaux en fin de matinée. J'ai changé mon billet. Et tout s'est emballé.

Le soir, après une journée à se faire découvrir nos endroits préférés de Biarritz, nous nous sommes rebaignés à la plage du Miramar.

Une fois rentrés chacun chez soi pour le dîner, je lui ai envoyé, avant de passer à table, ce texto déraisonnable :

> Je sais que je ne devrais pas l'écrire, mais devant le sentiment qui m'assaille je ne puis lutter : à cet instant précis, là, maintenant, je vous aime.

Au moment de partir la retrouver, je n'avais toujours pas reçu de réponse. Alors que je montais sur mon épave de scooter pour aller la rejoindre :

> Je vous aime… enfin, un petit peu…

Ce légendaire « un petit peu », qui veut dire « oui » entre ses lèvres.

Nous avions quinze ans.

Nous faisions n'importe quoi.

Restos, sorties, errances nocturnes, à pied ou en scooter, sans casque, flirts sans fin, à nous quitter avec l'aube en nous disant des « À tout de suite » illimités pour ne dormir que quelques heures.

Elle était chez ses parents, moi chez ma marraine. Toute intimité était impossible. Même la journée, chez elle ou chez moi, il y avait toujours quelqu'un, soit qui était là, soit qui pouvait débarquer à tout moment. Obligés de refréner nos désirs, nous ne pouvions cependant pas nous empêcher de nous toucher. La main, le bras, les cheveux, bises, bisous, baisers. Nous étions littéralement collés, ventousés l'un à l'autre.

Au petit matin, alors que nous étions couchés chacun de notre côté, nous nous téléphonions encore pour nous souhaiter « bonne nuit ».

— Tu raccroches.

— Non, toi d'abord !

Nous avions quinze ans, à peine.

Du grand n'importe quoi.

Nous étions heureux, nous étions cons, nous étions heureux d'être cons.

Dehors, des gens nous klaxonnaient, montaient à fond leur autoradio qui diffusait une romance italienne, nous applaudissaient.

Nous nous faisions de petits cadeaux ridicules qui nous ravissaient. Elle, une gourmette dont la plaque, gravée à mon signe astrologique, était tenue par un élastique bordeaux. Moi, un livre pour enfant, *Bizarre… Bizarre*. En treize petites planches, deux souris, Monsieur Monsieur et Mademoiselle Moiselle, se rencontrent dans la campagne, sous une branche. En rentrant chez eux, chacun s'aperçoit qu'il lui manque un bras. Ils reviennent sur leurs pas et retrouvent leurs membres toujours en train de se serrer la main. De retour dans leurs chaumières respectives, ils se rendent compte qu'il leur manque non seulement un bras, mais une jambe. Et ainsi de suite, jusqu'à la conclusion : « Je crois que je sais ce qu'il nous arrive : nous sommes amoureux. »

Une heure sans l'autre et, nous aussi, nous nous sentions comme amputés.

Nous n'avions même plus quinze ans.

Juin 2008.

Nous sommes rentrés chez nous en taxi. Le voile cotonneux qui avait plané toute la journée sur la ville et sur ce dimanche s'était dissipé. Il faisait atrocement beau. Les terrasses des cafés étaient prises d'assaut avec une insouciance et un bonheur insupportables.

De retour à l'appartement, chacun de nous a passé une longue série de coups de fil. Aux amis au courant de sa grossesse, à certains qui ne l'étaient pas. Et puis à nos parents, que nous avions tenus dans l'ignorance de l'événement pour être sûrs, mercredi prochain, de leur annoncer une bonne nouvelle médicalement attestée. J'avais l'étrange sensation de parler d'autres personnes que nous.

Je suis ensuite descendu attraper un flot de passants. Il m'a porté jusqu'à un épicier. J'ai acheté une bière que nous aimons boire de temps en temps. Un flux anonyme m'a ramené devant l'entrée du bar-tabac jouxtant la porte de notre immeuble. J'ai acheté des cigarettes. Je suis remonté.

Dans l'escalier, j'ai senti sourdre en moi une rage indéterminée et une haine indistincte. Le mot « sac » me donnait la nausée. Il me semblait transformer le ventre de ma femme en fosse commune. Sa couleur noire me faisait l'assimiler à de la bile, à tout ce mauvais sang que je m'étais fait, du sang mauvais, un sang gangrené, mort. Mort comme ce silence qui avait envahi la pièce à l'instant où l'image était apparue sur l'écran de l'échographe.

Nous avons aménagé notre terrasse pour qu'elle soit belle et agréable. Nous avons bu en fumant à la lueur du soleil couchant. Il faisait délicieux.

Lorsque la nuit a commencé à déteindre dans le ciel, nous sommes sortis dans la brasserie d'un grand hôtel du quartier. Nous avons dîné de fruits de mer arrosés d'une bouteille de vin blanc hors de prix. Tout ce à quoi ma femme n'avait pas droit pendant sa grossesse.

Plus tard, elle s'est fait couler un bain. Je me suis installé dans le fauteuil du salon. J'ai fumé une cigarette. De là où j'étais assis, j'ai vu « le reliquaire » rangé sous le canapé, un lit en fer recouvert de coussins. J'avais emprunté cette expression à Vivant Denon pour désigner cette petite valise bleue. Sur son rabat sont collés les anges de Léonard de Vinci. En dessous, il est écrit : *Ferdinand.* À l'intérieur se trouvent rassemblées trois photos de lui à la maternité, son bracelet de naissance, le livret de messe de son enterrement, une lettre d'une infirmière, un petit carnet de l'hôpital avec l'empreinte de sa main, celle de son pied, le tout accompagné d'un mot d'une aide-soignante, un lapin hochet, et un body que ma femme avait porté contre elle et lui avait laissé le temps de sa brève existence pour qu'il ait toujours l'odeur de sa maman avec lui.

La première fois qu'elle m'avait ouvert les secrets de cette boîte, c'était à la suite des funérailles du père du nouveau mari de ma mère. La cérémonie avait eu lieu au cimetière du Père-Lachaise, où reposent les cendres de Ferdinand. À l'issue de la crémation, j'avais demandé à ma femme si elle voulait bien me présenter à son fils. Nous étions descendus là où sont entreposées les urnes funéraires et nous nous étions recueillis devant la plaque derrière laquelle se trouvent les poussières de sa petite comète. Le soir, elle m'avait exhumé le reliquaire et son contenu.

J'ai écrasé ma cigarette et suis allé voir ma femme dans son bain. Je l'ai embrassée et me suis assis à côté de la baignoire.

— Comment tu te sens ?

— Ça va… comme je peux…

Ma question semblait idiote, et pourtant elle se posait réellement.

— Mais ça va. J'ai confié le bébé à Ferdinand, avait-elle continué en se caressant le bas du ventre. Je l'ai prié de bien l'accueillir et de prendre soin de lui.

Elle a esquissé un sourire et m'a embrassé. Sa force me stupéfiait. Je tentai gauchement de sourire à mon tour, me hâtai de serrer sa main dans la mienne, de l'embrasser de nouveau, de me lever et de quitter la salle de bains pour ne pas éclater en sanglots devant elle.

À sept heures demain matin, elle serait anesthésiée pour subir un curetage.

J'étais dévasté.

Été 2005.

Avant-dernier jour. Le moment de nous quitter approchait. Elle retournait travailler dans la ville où nous habitions tous les deux le reste de l'année, à Paris, je poursuivais mes vacances à Bordeaux.

Pourtant, nous n'étions pas tristes. Même si nous n'avions pas abordé la question de la suite à donner à ce qui était une parenthèse estivale, nous allions nous revoir, c'était inévitable. Le contraire n'était pas envisageable.

Mais ce qui nous rendait plus euphoriques encore, c'était que, pour notre ultime soirée à Biarritz, ses parents seraient repartis. Nous allions donc passer notre première vraie nuit ensemble.

Pour profiter pleinement de nos derniers instants, nous avions décidé que j'emménagerais chez elle pour les vingt-deux heures qui nous restaient à partager au Pays basque.

À dix-sept heures, nous nous étions séparés. Elle voulait préparer la maison pour ma venue. Je devais faire mon sac pour prendre directement mon train en fin d'après-midi le lendemain.

Avant cela, j'avais acheté deux énormes bouquets de roses blanches, l'un pour ma marraine, l'autre pour elle. Puis je m'étais douché, avais embrassé toute la famille « United Colors of Benetton » et, mon sac entre les pieds, ma planche de surf en bandoulière et les roses à la main, j'avais filé rendre le scooter à mon cousin Luca.

En quittant son appartement, où squattaient en permanence une palanquée d'hurluberlus tous plus gratinés les uns que les autres, lui et ses potes m'avaient gratifié du célèbre cri de guerre du cru : « À la choune, bordel !!! À la choooouuuuuune !!! »

J'étais allé chez elle à pied. Pendant le trajet, l'appréhension montait.

Souvent, les premières fois sont quelque peu désastreuses. On ne se connaît pas, on se découvre. Les corps sont comme deux instruments qui s'accordent. Plusieurs essais sont généralement nécessaires avant de jouer à l'unisson et d'atteindre une acmé digne de ce nom. Parfois, malheureusement, cela ne vient pas, ne viendra pas, ni maintenant ni demain. On peut alors se mentir autant qu'on veut, céder aux ruses de la raison pour prolonger le mirage des débuts, mais, tôt ou tard, il faudra se rendre à cette évidence : le corps, lui, ne ment jamais.

J'étais devant chez elle.

Comment cela allait-il se passer ? Qu'adviendrait-il si nos peaux n'avaient rien à se dire ? Si je me mettais à paniquer au point d'avoir la fameuse « panne » que tous les hommes redoutent ? Si elle n'aimait pas mon odeur ? Ni moi la sienne ? Si, au fond, tout tournait au fiasco le plus absolu ? Si… et si… et si…

J'en étais là – et las – de mes tergiversations quand je me suis enfin décidé à pousser la porte du portail. Je me suis dit que, si elle n'était pas fermée, alors tout irait bien. Superstition ridicule, débile, grotesque, immature, comme lorsque, enfant, on se dit qu'il arrivera ceci ou cela si c'est tel doigt de pied qui se pose sur la dernière marche de l'escalier.

J'avais tourné la poignée en fer forgé. Elle avait laissé ouvert.

Nous avions prolongé le plaisir de l'attente le temps du dîner. Puis nous avions fait l'amour toute la nuit, nous endormant, nous réveillant, recommençant, nous rendormant. Évident et fluide étaient les qualificatifs qualitatifs qui me venaient à l'esprit.

Au petit matin, elle était déjà réveillée quand j'avais ouvert les yeux. Je l'avais observée un instant, à son insu. Puis son regard avait rencontré le mien. Elle m'avait souri et était venue se blottir contre moi.

La matinée était douce. Un jour nouveau commençait.

Juin 2008.

Ma femme s'est réveillée en sursaut et a allumé la lumière. Je me suis redressé à mon tour, le cerveau fossilisé par la dose de somnifères que j'avais prise pour m'achever jusqu'au matin.

C'était apocalyptique. Les draps maculés de sang. Ma femme se tenant le ventre, en proie à des contractions, comme si elle accouchait.

Un cauchemar. Un cauchemar éveillé et bien réel.

— Appelle les urgences de la maternité !

Je me suis précipité sur le téléphone. On m'a demandé s'il fallait nous envoyer une ambulance. Ma femme, qui s'était levée et rassemblait déjà des affaires propres, me faisait « non » de l'index.

— Tu es sûre ?

Elle a hoché vigoureusement la tête.

— Pas la peine, merci.

J'ai raccroché. Ma femme était sous la douche.

— Tu veux de l'aide ?

— Ça va, m'a-t-elle répondu, ça se calme un petit peu.

Son fameux « un petit peu » m'a rassuré momentanément. Je me suis habillé. J'ai retiré les draps pour ne pas trouver le lit dans cet état lorsque nous rentrerions. J'ai attrapé la pochette où ma femme avait rangé la veille ses papiers d'identité, son porte-monnaie, sa carte Vitale et celle de notre mutuelle.

J'ai appelé un taxi. Elle s'est habillée. J'ai pris mon portefeuille, des cigarettes, et nous sommes partis.

Juin 2008.

Le taxi nous a déposés à l'entrée des urgences, à quelques mètres du pavillon de la maternité.

À mon grand soulagement, l'interne à qui nous avions eu affaire la journée était toujours de garde cette nuit-là. Pas besoin de lui réexpliquer le dossier ni ses tenants et ses aboutissants.

Elle nous a entraînés dans la même salle que l'après-midi. Ma femme s'est déshabillée et a repris sa place dans les étriers. Des fuites de sang sporadiques coulaient le long de ses jambes et claquaient en s'abattant sur le linoléum gris. L'assistante a aussitôt mis un carré de tissu stérile sur le sol tandis que l'interne passait des gants et sortait un spéculum de son emballage.

— Agnès, il va me falloir des compresses.

J'étais assis à côté de ma femme. Je ne lui lâchais pas la main.

— Putain, je t'aurai vraiment tout fait…

Je sentais qu'elle était au bord de craquer.

— Pas du tout, lui ai-je répondu, tu peux encore mourir, mais j'aimerais mieux que tu t'abstiennes, si tu veux bien.

Elle avait beau être de profil, je l'ai vu sourire à ma connerie légendaire de chien de salon.

— Monsieur, m'a dit l'interne alors qu'elle prenait place entre les cuisses de ma femme, si vous devez vous sentir mal, j'aime autant que vous sortiez.

— Je ne la quitte pas.

Nous nous sommes jaugés un instant du regard. Puis elle s'est mise en position.

— Allez, ma belle, on serre les fesses…

Elle a enfoncé le spéculum avant de l'écarter, augmentant les chutes de sang du sexe de ma femme.

Il était quatre heures du matin passées de quelques minutes. Lundi. La première échographie aurait dû avoir lieu deux jours plus tard.

Juin 2008.

On a fini par emmener ma femme au bloc, à sept heures.

La boucherie aura duré deux heures et demie.

On a d'abord pensé éviter l'intervention chirurgicale, espérant que le corps expulserait le fœtus mort par les voies naturelles. Les contractions s'arrêtent, reprennent, s'arrêtent. Le sang coule. Ma femme se pince les lèvres.

Deux heures et demie de trop.

Ça durait, ça durait. Sous contrôle de l'échographe vaginal et de l'image noir et blanc façon *Star Wars*, on constate que le sac bouge peu. En trois quarts d'heure, il n'a avancé que de quelques millimètres. Le sang s'écoule au rythme des contractions. Ma femme ferme les yeux.

Deux heures et demie inutiles.

Alors, on y était allé moyenâgeux. À coups de spéculums, de compresses, de pinces en tout genre pour essayer d'attraper ce maudit sac et de le traîner enfin hors du ventre meurtri. Le sang gicle par saccades au gré des secousses des contractions stériles. Des yeux clos de ma femme glissent parfois les larmes de la douleur qu'elle ravale.

Deux heures et demie injustes. Dégueulasses.

Il était bientôt sept heures. On avait peut-être gagné deux millimètres. On s'était résolu à ce qui était initialement prévu. En route pour le curetage.

Juin 2008.

Je n'ai plus qu'à attendre le verdict de l'opération. Je suis assis sur l'un des fauteuils encastrés dans les murs de l'accueil. Cerné par tous ces jouets d'enfants et ces revues de pré ou post-natalité. J'ai ramené mes talons contre mes fesses et enroulé mes bras autour de mes jambes. J'ai enfoncé les écouteurs de mon i-Pod dans mes oreilles. Une chanson triste que m'avait fait découvrir Vladimir, *You Are My Sister* d'Antony and The Johnsons. Et je pleure. Scène pathétique. Je pleure comme un débile. Je pleure tout ce que je me suis interdit de pleurer pendant deux heures et demie, impuissant que j'étais à regarder ma femme se faire charcuter les entrailles.

L'interne est revenue avec son assistante, son masque stérile autour du cou. J'ai coupé mon i-Pod et retiré mes écouteurs.

— Et alors, mon grand, faut pas pleurer comme ça !

J'ai essayé de sourire, mais ce n'était pas convaincant. Je me suis assis normalement et me suis contrôlé.

— Je sais, ai-je répondu, mais… après ce qu'elle a déjà vécu…

— Son premier enfant ?

J'ai hoché la tête. L'interne a passé ses mains derrière le dos et s'est appuyée contre le mur en face de moi.

— Elle avait été suivie ? Je veux dire…

— Oui, elle a fait le nécessaire. Elle dit de lui qu'il a été une petite comète qui a vécu cinq jours, un siècle et un millénaire. Parce qu'il est né à cheval entre l'an 2000 et 2001.

— C'est joli…

— Ouais !… ai-je dit en prenant une profonde inspiration pour ne pas me remettre à pleurer.

Silence.

— En tout cas, tout s'est bien passé. Elle n'aura pas de séquelles. Vous pourrez avoir d'autres enfants.

La veille, elle nous avait expliqué que, comme toute opération, celle-ci comportait des risques. Dont celui de ne plus pouvoir avoir d'enfant s'il y avait un geste chirurgical malheureux. Elle nous avait aussi précisé que, après un curetage, il était préférable d'attendre au moins trois mois avant d'essayer de remettre un bébé en route. L'intervention fragilise l'utérus de la femme et multiplie les risques d'une nouvelle fausse couche pendant une certaine période.

— J'espère…, ai-je simplement rétorqué.

— Mais oui ! Vous êtes jeunes, tous les deux. Et puis je vous l'ai dit hier, deux femmes sur trois font au moins une fausse couche dans leur vie. C'est dur pour vous, je le sais, mais ça reste néanmoins... *banal.*

J'ai eu une soudaine envie de lui sauter à la gorge et de lui éclater la tête contre le mur. Je n'en ai évidemment rien fait. D'un point de vue médical et statistique, elle avait raison. Je le savais. C'était la logique comptable qui était impersonnelle et inhumaine, pas elle.

— Bon, je vous laisse, je dois retourner au bloc. Votre femme est encore en observation, en salle de réveil. Vous pourrez la voir quand elle sera remontée dans sa chambre.

— Merci...

— Et arrêtez de pleurer. Ça ne vous va pas du tout au teint !

Juin 2008.

Après le départ de l'interne, je suis sorti fumer et téléphoner aux parents de ma femme, aux miens, à nos amis qui m'avaient demandé de les tenir informés du résultat de l'opération. L'idée de devoir répéter la même chose m'épuisait, aussi n'ai-je appelé que nos familles respectives, préférant envoyer un SMS commun aux amis.

Tout en fumant cigarette sur cigarette, j'allais et venais, mon téléphone greffé à l'oreille, celui de ma femme à la main, rédigeant et recevant des textos pour ses amies et amis dont je n'avais pas les coordonnées. Je voyais bien que les gens me prenaient pour l'un dc ces bobos pseudo-hommes d'affaires, incapables de se déscotcher de leur portable même quand leur propre femme est en train d'accoucher, alors que je n'étais qu'un champ de ruines, me débattant pour rester debout. Mais lorsque leur regard croisait le mien, ils le détournaient et fixaient le sol. J'avais les traits tellement tirés et le visage tellement tendu qu'il valait mieux éviter de se trouver dans l'axe de mes sillons.

Il était un peu plus de huit heures et demie du matin quand j'ai enfin raccroché les deux téléphones. Sara, la future épouse de mon plus vieil ami, Benoît, mon frère de dérives, avec qui j'ai tout traversé, n'arriverait qu'à neuf heures. Ma femme et elle étaient devenues très proches. Son homme était en déplacement, en province. Mes autres compagnons de route et de déroute étaient également pris par leurs obligations ou habitaient dans d'autres villes. Lundi, début de semaine. Normal. *Banal.*

J'ai allumé une énième cigarette et contemplé le jour alentour. Le ciel était d'un bleu parfait. Un bleu dur, acier, sans aucun nuage pour l'adoucir. La journée s'annonçait sublime et chaude, idéale pour flâner entre deux rendez-vous ou rêver à la terrasse des cafés. Une rage sourde et une haine métaphysique grondent et montent en moi. Mes douze années passées chez les jésuites, leurs préceptes hypocrites, la judéité de mon père et, avec eux, l'Ancien et le Nouveau Testament, la Thora, le Coran, tous me prennent à la gorge et me donnent une irrépressible envie de gerber.

Je hais ce soleil qui me nargue de ses rayons joyeux. Et surtout, je hais celui qu'on te dit abriter ! Oui, je te hais, toi, sans majuscule, Dieu de mes couilles ! Toi dont l'existence m'obsède depuis toujours. Toi, qui es censé être le principe même de toute chose. Toi, sans qui, alors, tout est permis. Toi, qui es censé n'être qu'Amour. Justice. Miséricorde. Ça ne te suffisait pas, de rappeler Ferdinand auprès de toi et de ravager la vie d'une femme et d'un homme ? Non, il a fallu que tu lui en remettes une couche, à la petite ! Comme si elle ne t'avait pas assez payé son tribut de souffrances, comme si elle n'avait pas suffisamment porté sa croix ! Tu lui avais déjà donné une bonne gifle, mais il fallait que tu lui en donnes une autre, pas vrai ? Après la joue droite, la gauche, c'est bien connu. Et, tant qu'on y est, on va vous faire un plan sévèrement médiéval avec du sang, de la bonne vieille charcuterie de chez nous, vous qui aimez ça, le soir, à l'apéro avec les copains. À croire que ton impuissant de père était boucher et non charpentier, pas vrai ? Allez, allez, vous reprendrez bien deux heures et demie de baffes aller-retour, avec un gant clouté, hein, pour la route, comme ça, discrètement ? Ça fait mal ? Mais non, mais non. Serrez les dents, ça passe tout seul. Une autre ? Allez, tiens ! Encore une ? Tiens, tiens, tiens, mange ! Et tiens, tiens, encore une ! Encore une ! Encore une petite dernière ! Là, voilà, c'est bien… Tu n'es qu'un gros fils de pute ! Oui, parfaitement, un fils de pute ! Marie et Marie-Madeleine, même combat ! Ton père ? Un boucher, je te l'ai déjà dit. Et un maquereau. Quoi, « l'immaculée conception » ? Arrête, je vais m'étrangler… Oui, je sais, tu as fait l'homme libre, tu déclines toute responsabilité pour le reste, et blablabla… Ça va, on connaît l'antienne… En gros, tu t'en laves les mains, c'est ça ? Tu laisses faire, quoi… Eh bien, sache que c'est pire. Pire que si tu infligeais arbitrairement les souffrances à tes enfants comme on joue à la roulette russe, comme ça, pour le fun… Tu n'es qu'un fumier, un gigantesque tas de merde sur lequel les peuples se déchirent, une ordure qui asservit les hommes et ne sème que misères et désolations partout où tu répands le doute mensonger de ton existence... Pour tous ceux qui tournent vers toi leurs espoirs inassouvis et bafoués, et auxquels tu restes sourd, je te retourne la rage de mon désespoir ! Dieu, Jésus, Allah, Jéhovah, Seigneur, le Très-Haut... qui que tu sois, quel que soit le nom derrière lequel tu te caches lâchement, je te crache à la gueule ! Je te maudis et je te crache à la gueule !

Juin 2008.

J'en étais là lorsque Sara est arrivée. Je n'ai pu m'empêcher de m'effondrer dans ses bras. Je m'étais pourtant promis de ne pas pleurer de nouveau. Mais avec elle, je n'étais plus obligé de porter haut, je n'étais plus obligé de contrôler. Je pouvais m'abandonner et me laisser aller.

Après nous être serrés l'un contre l'autre, en larmes comme des idiots, Sara a pris les choses en main. Nous sommes rentrés dans la maternité et elle a demandé à la porte de prison, de retour derrière son pupitre, si nous pouvions voir ma femme.

— Elle est encore en salle d'observation.

— Un problème ? m'a devancé Sara.

— Elle se réveille doucement, rassurez-vous.

— Et vous pensez qu'on pourra la voir quand ?

— Attendez, je vais demander…

Elle a décroché son téléphone et s'est renseignée. Son visage et son ton étaient plus aimables que la veille. L'interne avait dû la mettre au courant des raisons de notre présence ici.

— Dans une heure maximum, nous a-t-elle dit en raccrochant.

— Merci.

Sara m'a traîné dans un café hors de l'enceinte de l'hôpital. Nous nous sommes installés en terrasse.

— T'as pas pris de petit déj, je suppose ?

J'ai fait « non » de la tête. Elle m'a commandé la totale : café, jus de fruits, pain au chocolat, tartines. Je lui ai dit que je n'avais pas le ventre à ça, mais elle n'a rien voulu entendre. J'ai pris une bouchée d'une tartine. Je l'ai recrachée presque instantanément. Je n'ai réussi qu'à boire le café.

— C'est déjà ça…

— Je vais peut-être vomir maintenant…

Elle m'a fusillé du regard.

— Ça va, je plaisante !

Nous avons ri. Je l'ai invitée à me raconter les derniers développements de sa vie. Elle a eu la délicatesse de s'exécuter et de ne pas me poser la moindre question sur ce qui s'était passé pendant ces dernières quarante-huit heures. Elle m'a offert un bol d'air frais inestimable.

L'heure était presque passée. Sara devait partir à un rendez-vous, mais elle reviendrait tout de suite après. Je lui ai demandé si, par hasard, elle pouvait essayer d'acheter un oiseau en peluche et une bouillotte que ma femme pourrait poser sur son ventre durant les jours à venir. Il allait de soi que je la rembourserais.

— Ta gueule, m'a-t-elle répondu.

— Ok ! Merci…

Nous nous sommes embrassés. Avant de partir, elle m'a demandé :

— Pourquoi un oiseau en peluche ?

— Parce que j'ai toujours trouvé qu'elle avait des airs de petit oiseau tombé du nid…

Juin 2008.

Sur le chemin du retour, j'ai téléphoné au patron de ma femme pour lui expliquer la situation.

En arrivant devant le pavillon de la maternité, j'ai croisé l'interne, qui avait fini sa garde du week-end.

— Votre femme est dans sa chambre, vous pouvez monter la voir.

— Merci, docteur. Pour tout.

Elle m'a regardé comme si j'avais dit une énormité plus grosse que moi, puis elle a souri.

— Vous êtes vraiment mignons, tous les deux.

Elle s'est éloignée de quelques pas et s'est retournée.

— Et croyez-moi, vous l'aurez, ce bébé, vous le méritez.

Elle est partie.

J'ai demandé le numéro de chambre de ma femme à l'accueil et suis monté dans les étages.

La porte était entrouverte. Elle était allongée, son visage tourné vers les fenêtres. J'ai frappé délicatement et suis entré.

Nous n'avons pas cessé d'être interrompus par des infirmières qui venaient lui prendre la température, la tension, modifier le débit de ses perfusions.

Chaque fois, on me demandait :

— Vous êtes de la famille ?

— C'est mon mari, répondait-elle.

On me laissait rester. Pendant qu'on s'affairait autour d'elle, je contemplais avec admiration ce petit bout de femme, si polie, si avenante et si forte malgré tout ce qu'elle avait enduré. J'ai alors mesuré, presque physiquement, à quel point je l'aimais.

Puis nous sommes enfin restés seuls. J'ai sorti son alliance qu'elle avait dû retirer en entrant au bloc opératoire et la lui ai passée au doigt. Elle m'a invité à m'allonger auprès d'elle. Elle m'a fait une place et s'est blottie contre moi, sa tête posée dans le creux de mon épaule.

Je l'ai enlacée et nous nous sommes endormis.

Juin 2008.

Nous avons été réveillés par l'entrée de Sara, qui avait frappé à la porte. L'espace d'un instant, je ne savais plus où j'étais. Puis j'ai reconnu la chambre, le lit, l'hôpital. Les événements de la nuit et de la matinée me sont revenus comme un boomerang.

Sara a embrassé ma femme et a déballé ce qu'elle avait trouvé. Un canard jaune flashy, bec et pattes orange vif, une toute petite touffe blanche sur le sommet du crâne en guise de chevelure. À l'intérieur, un sac de billes à faire chauffer au micro-ondes, transformant ainsi la peluche en bouillotte.

— J'ai pensé que ça cumulait les deux trucs que tu m'avais demandés !

Ma femme m'a dévisagé en se retenant de rire pour ne pas avoir mal.

Sara a également sorti une robe d'été façon nuisette, pour ma femme, et un rocher Suchard pour moi. Je l'ai posé sur la table de chevet.

— Ce con ne veut rien avaler, a-t-elle dit à l'intention de ma femme.

La discussion a ensuite roulé sur tout et rien. Sara et moi faisions le show, mais pas trop, pour éviter toute crise de rire intempestive.

Le déjeuner est arrivé. Nous avons veillé à ce quelle termine tout, même si c'était dégueulasse, comme dans tous les hôpitaux.

— Mange, lui disait Sara. Mange, tu as faim. Tu ne le sais pas bien toi-même, mais tu as très faim !

Son repas fini, ma femme m'a demandé de profiter de notre présence en ces murs pour annuler la chambre qui aurait dû nous revenir pour l'accouchement. J'ai dit que je m'en occupais sur-le-champ. Elle m'a aussi demandé si je pouvais lui acheter des serviettes hygiéniques de taille ceci ou cela, cotations que j'ai oubliées à peine elle les a eu prononcées, mais auxquelles j'ai acquiescé.

Je l'ai embrassée et les ai laissées entre filles.

Juin 2008.

Pendant une heure, j'ai tourné dans les différents pavillons de l'hôpital à la recherche du bon secrétariat. J'étais lâché dans un roman de Kafka grandeur nature. À chaque fois que je demandais mon chemin à quelqu'un, on me donnait une information et une localisation contradictoires.

Voyant que je commençais à être à bout, une aide-soignante m'a proposé de m'accompagner. Elle m'a emmené dans une sorte de hall faisant office de garderie. Des dizaines de bébés et d'enfants jouaient, riaient, criaient. Toutes ces couches-culottes braillantes et hurlantes m'oppressaient. J'ai vu le moment où j'allais crucifier sur place celle qui m'avait fait atterrir dans cet enfer. Je me suis approché de son visage et l'ai sommée de m'indiquer séance tenante ce putain d'endroit responsable de l'attribution des chambres pour que j'annule celle où ma femme ne viendrait pas accoucher puisqu'elle venait de perdre son bébé. Je l'ai vue blêmir et s'enfuir en marmonnant un « Je ne sais pas, pardonnez-moi… » confus et désolé.

J'ai quitté cette atmosphère de nursery, me suis calmé et ai repris mes investigations. Lorsque j'ai enfin trouvé le secrétariat que je cherchais, j'ai constaté avec effroi qu'une bonne vingtaine de personnes attendaient leur tour. Il était bientôt deux heures de l'après-midi. J'étais là depuis bientôt une dizaine d'heures et je ne me sentais pas capable d'en poireauter une de plus ici.

J'ai pris un air dégagé et suis entré d'autorité dans une pièce où étaient alignés cinq ou six bureaux. Je venais libérer une chambre, et faire des heureux parmi ceux qui patientaient à l'extérieur.

Toutes les secrétaires médicales étaient déjà occupées. Je me suis adossé contre le mur, à l'affût de la moindre percée où je pourrais m'engouffrer.

Une dame a libéré son siège et je me suis avancé. La secrétaire qui l'avait prise en charge s'est levée et m'a jeté un coup d'œil désagréable.

— Faut faire la queue comme tout le monde.

— Non mais je viens juste…

Et là, ça a dégénéré.

— Juste, juste, m'a-t-elle coupé en se mettant à hurler comme une truie qu'on égorge, avec vous c'est toujours « juste » ! « Juste ceci », « juste cela », et gnagnagna… Allez, vous sortez et vous faites la queue comme les autres !

Une autre femme avait surgi d'une pièce située derrière l'alignement des bureaux. Elle était visiblement leur supérieure à toutes. Plus personne ne parlait. Tout le monde était au spectacle.

— Y en a marre à la fin, continuait de beugler la truie. Je suis là depuis huit heures ce matin, il est quatorze heures et j'ai pas encore déjeuné ! Merde à la fin !

J'ai dû faire un effort cosmique afin de garder mon calme et ne pas lui sauter dessus pour l'éventrer, la liposucer à coups de cutter, la scalper, l'énucléer à l'agrafeuse, la trépaner et faire de la bouillie avec le gravillon spongieux qui devait lui tenir lieu de matière grise. Autant je peux comprendre que, après des nuits entières au bloc opératoire, les infirmières soient exténuées et exaspérées, autant cet amas de graisse informe, qui remplit toute la journée des calendriers de rendez-vous avec des horaires de fonctionnaire, les privilèges acquis et la retraite qui vont avec, et qui gueule parce que ses bourrelets frétillent de ne pas avoir reçu leur dose de substance adipeuse pour maintenir leurs formes gélatineuses, non.

D'une voix calme, presque compatissante, je me suis contenté de lui dire :

— Eh bien, figurez-vous, chère madame, que je suis arrivé à quatre heures ce matin avec ma femme qui pissait le sang, que l'hémorragie a duré jusqu'à sept heures avant qu'on se décide à lui faire un curetage pour lui retirer du ventre un fœtus mort, qu'il est en effet bientôt quatorze heures, et que, moi non plus, je n'ai pas encore déjeuné.

Mon adversaire porcine est restée bouche bée. On aurait pu entendre une mouche faire des loopings.

— Je viens donc *juste* annuler la chambre où ma femme aurait dû accoucher au terme de sa grossesse, ce qui en libérera une pour tous ceux qui attendent dehors.

La supérieure s'est avancée. Elle a gentiment envoyé l'autre en pause déjeuner, a pris sa place et m'a demandé les nom et prénom de ma femme. En moins de cinq minutes, l'affaire était réglée, excuses et remerciements pour ma patience compris.

« Connasse », comme aurait dit ma femme.

Juin 2008.

Je suis sorti de l'hôpital, en quête d'un supermarché.

Ma femme et Sara devaient se demander ce que je pouvais bien fabriquer. Et n'être pas loin de penser que j'étais un gros pervers pour passer autant de temps à choisir des serviettes hygiéniques.

Il y avait une supérette en face de l'entrée principale. La fraîcheur m'a soulagé de mon coup de chaud et de la chaleur qui plombait la ville. J'ai arpenté les allées à la recherche de ce dont ma femme avait besoin. Face à la rangée dévolue à l'intimité de ces dames, j'ai cru que j'allais me remettre à pleurer. Des dizaines et des dizaines d'emballages, de toutes sortes, de toutes les marques, de toutes les tailles, et impossible de me souvenir du calibre que m'avait spécifié ma femme. J'ai essayé de raisonner. En toute logique, il lui en fallait des grandes, capables d'absorber les pertes de sang liées à l'intervention chirurgicale qu'elle venait de subir. Cela réduisait déjà le champ des possibilités en excluant toutes celles portant la lettre S. Mais que penser des M, L, XL et XXL ? N'y avait-il pas des différences en fonction des marques ? Le L de l'une n'était-il pas équivalent au XL d'une autre, et vice versa ? J'étais paumé.

Dans le doute, j'ai pris deux boîtes de chaque marque et de chaque taille. J'ai fait un crochet par le rayon frais pour attraper un sandwich en triangle d'autoroute et suis allé me greffer à la queue de la seule caisse ouverte. On me regardait un peu bizarrement. Je tenais le tout dans un équilibre précaire. Petit, j'étais si habile de mes mains que toute ma famille me surnommait avec ironie « doigts de fée ».

Lorsque mon tour et ma libération prochaine sont enfin arrivés, j'ai tout fait tomber.

Juin 2008.

Mon retour dans la chambre, avec tous mes paquets de serviettes hygiéniques entre les bras, a suscité l'hilarité générale. D'après les filles, j'étais bien un mec. J'expliquai ma longue absence par mon incapacité à choisir au supermarché, et ne dis rien de mon accrochage avec la truie.

Une interminable attente a alors commencé. Ma femme n'en pouvait plus, elle voulait rentrer chez nous. Sara et moi avons essayé de faire pression, mais la logique et la rigueur administratives étaient inflexibles. Délai légal à respecter. Encore deux heures. Une manière de se prémunir vis-à-vis des assurances si un problème survenait une fois le patient parti.

L'heure est enfin arrivée. Plus qu'une seule formalité, et nous serions libres. J'ai exigé qu'on m'indique sur un plan de l'hôpital le secrétariat où nous devions nous rendre.

Là, ma femme a signé une liasse de formulaires. On lui a demandé sa carte Vitale. Je l'ai sortie de sa pochette. Puis sa carte de mutuelle. Je l'ai donnée. On l'a scrutée attentivement : c'était celle de l'année dernière. La bonne était restée à la maison.

— Je ne peux pas vous laisser partir, nous a dit la jeune femme qui nous faisait face derrière un pupitre.

J'ai tenté de lui expliquer que nous étions toujours affiliés à cette mutuelle, que nos numéros d'immatriculation étaient donc les mêmes, qu'il lui suffisait de les rentrer, que ça ne changeait rien, elle restait sourde à mes suppliques. Il lui fallait impérativement la photocopie de la carte en cours de validité.

La colère me montait aux lèvres. Sara m'a écarté et a pris le relais. Après une bonne demi-heure de négociation, elle a obtenu que la jeune femme fasse une photocopie provisoire de notre carte de l'année précédente, à charge pour nous de lui faxer le lendemain, à la première heure, une photocopie de celle en vigueur. Mais, pour cela, il lui fallait une empreinte de carte bleue, afin de nous débiter au plus vite si nous n'agissions pas comme convenu. Ma femme a dégainé la sienne avant moi et nous avons pu sortir.

Le temps était toujours horriblement beau. Ma femme avait mis la robe nuisette aux ondulations estivales offerte par Sara. Elle lui allait à ravir.

Nous avons arrêté un taxi. Nous avons proposé à Sara de la déposer. Elle a décliné, préférant marcher.

Nous sommes montés dans le véhicule et avons disparu dans la circulation.

Juin 2008.

De retour à notre appartement, elle a rangé ses affaires pendant que je prenais une douche.

Je suis descendu acheter de la bière et suis revenu m'installer avec elle sur la terrasse. Elle ne pouvait pas boire à cause de l'anesthésie, mais elle est restée avec moi en sirotant un thé et en fumant une cigarette.

Nous avons parlé de ce qui s'était passé. Calmement. Je ne lui ai rien caché de la colère qui m'habitait, de cette rage que je ne pouvais tourner contre personne. Elle m'a dit que ça passerait avec le temps. Du moins, elle l'espérait. J'ai senti une inquiétude dans sa voix. Alors je lui ai dit :

— Ne t'inquiète pas pour nous. Je n'ai pas envie de te quitter et je veux plus que jamais être le père de ton deuxième enfant.

Elle s'est assise sur mes genoux et a passé ses bras autour de moi. Nous sommes restés un long moment silencieux et enlacés.

Je suis allé préparer une salade pendant qu'elle appelait ses parents et ses amis pour les rassurer elle-même de vive voix.

Après le dîner, elle s'est couchée et s'est assoupie presque instantanément.

J'ai veillé sur son sommeil en lisant à ses côtés, sur le lit, avant de retourner sur la terrasse. Je suis resté là, à fumer en regardant la ville endormie, sans pensée précise.

Il était tard quand je l'ai rejointe. Je me suis allongé près d'elle. Elle me tournait le dos. Elle est venue contre moi. Elle m'a pris la main et l'a passée autour d'elle pour la serrer juste en dessous de sa poitrine. J'ai fermé les yeux et me suis laissé bercer par le souffle régulier de sa respiration.

Juin 2008.

Le lendemain, j'ai annulé tous mes rendez-vous et suis resté auprès d'elle.

Le matin, j'ai assuré l'intendance pendant qu'elle se reposait : fax de la copie de notre carte de mutuelle à l'hôpital, courses, machines de vaisselle et de linge.

L'après-midi, j'ai orchestré le défilé des amis. Tous ont trouvé un moment pour passer, soit entre midi et deux, soit après leur travail : Vladimir, Sara, Benoît, de retour de son déplacement en province, Caroline, Hélène, Cécile, Gina, Richard, Régis, Axel, Laure, Julien, Sophie, Bertrand, David.

Il y avait toujours quelqu'un avec nous. J'allais, je venais, je faisais du thé, des cakes, servais jus de fruits, cafés.

Mais lorsque ma femme a raccroché le téléphone après avoir discuté avec sa gynécologue de son arrêt de travail, le vernis de ma bonne humeur a dangereusement craquelé. La loi ne lui accordait qu'une journée de récupération, alors qu'une semaine eût été le minimum syndical. J'étais hors de moi. On l'avait curetée pour lui retirer un fœtus mort de son utérus, et on ne lui accordait qu'un jour de répit ? Je voulais courir égorger cette salope de gynéco avec une rage équivalente à l'envie que j'avais eue d'éviscérer la sale truie du secrétariat médical.

Voyant que j'allais partir en éclats pire qu'une volée de haches, Vladimir m'a entraîné dans la cuisine.

— Calme-toi, me disait-il. On va appeler sa boîte et on va s'arranger directement avec eux pour qu'elle ait jusqu'à la semaine prochaine.

Je ne décolérais pas.

— Putain, tout ça à cause de l'autre enculé là-haut !

— Quoi, quel autre enculé ? De quoi tu parles ?

— Laisse tomber…

— Je vais m'occuper de tout. Mais calme-toi. Elle n'a vraiment pas besoin de ça.

Je me suis repris. Vladimir est allé chercher l'ITT de ma femme et l'a déposée en main propre à son bureau. Son patron a décrété qu'elle pouvait prendre le temps qu'elle voulait.

Le soir, une fois tout le monde parti, ma femme m'a remercié pour cette journée. Je commençais déjà à planifier pléthore d'activités pour le lendemain, quand elle m'a dit qu'elle préférait rester un peu seule dans les jours à venir. Elle m'a aussi conseillé de retourner travailler.

J'ai acquiescé.

Juin – juillet 2008.

Les jours ont recommencé à passer. Puis les semaines.

J'ai continué de travailler avec un étrange sentiment de vacuité. Tout me paraissait frappé d'une profonde inanité. J'accomplissais des gestes et prononçais des paroles de manière automatique, comme si ce n'était pas moi qui les avais accomplis ou prononcées.

La colère, la rage et la haine ne me quittaient pas, mais je n'avais plus la force de les accueillir ni de les porter.

Je vivais à côté de moi-même. Un zombie à côté de ses pompes.

Parfois, je me demandais si nous n'aurions pas dû ne rien dire à personne avant d'être sûrs de notre fait. Toujours cette histoire de superstition débile, de « Ça porte malheur » et autres délires paranormaux.

Mais en réalité, ça n'aurait rien changé. La poisse, la chance, le hasard, les signes, le destin, Jéhovah, Dieu, Allah, tralalala youpi, je m'en fous. Tout ça, c'est des conneries. Ils se sont tous barrés surfer au Pays basque et laissent le monde courir à sa perte.

Nous nous sommes remis à sortir. Chez les uns, chez les autres. J'émergeais d'une sorte de coma éveillé.

La vie reprenait doucement ses droits, comme on dit. J'ai toujours détesté cette expression. Pourtant, je n'en vois en l'occurrence pas de meilleure ni de plus juste.

Juillet – août 2008.

À partir de la mi-juillet, la mission que j'effectuais a pris fin. Je n'avais plus de boulot jusqu'à la rentrée de septembre.

Je ne voulais pas laisser ma femme seule, mais elle m'a persuadé de partir en vacances, à Bordeaux. Elle travaillait encore, moi non, elle considérait que je n'avais aucune raison de rester à Paris plutôt que d'aller m'aérer l'esprit en surfant sur les plages de la côte girondine. Elle m'y rejoindrait le 15 août, avant notre séjour à Biarritz.

Elle aussi avait besoin de se retrouver, m'avait-elle dit.

Je suis donc parti. Axel et l'une de ses meilleures amies sont venus passer quelques jours chez moi.

Nous l'avons retrouvée tous les trois, le jour dit, en sortant du cinéma. Elle avait perdu les rares kilos de sa grossesse interrompue. Elle fumait une cigarette adossée à la portière de sa voiture. Elle portait une chemise à dentelles claire sur un pantalon noir, droit et serré, avec une large ceinture en cuir marron fermée par une grande boucle or, et ses grosses lunettes années 1950.

Elle était belle.

À Biarritz, malgré les préservatifs obligatoires pour éviter tout accident, nous avons refait l'amour pour la première fois. Comme la première fois.

Été – hiver 2008.

Les mois ont passé. L'hiver est arrivé. Nous avons reparlé d'avoir un enfant.

Entre-temps, nous avions renoué avec une certaine forme de légèreté. Je ne m'énervais plus que pour des broutilles et gardais un détachement joyeux face aux soucis plus sérieux. Je retrouvais mes légendaires « coups de Grizou », sobriquet et orthographe donnés par mes grands-parents lorsque je tempête pour un rien.

Nous avions investi le canard bouillotte offert par Sara d'une vie propre. Nous l'avions baptisé « Duck », « Ducky » pour les intimes, mais il était avant tout *Le* Duck – « The Duck », pour l'international. Il dormait une nuit dans les bras ma femme, la suivante dans les miens. Nous le faisions parler, voler. En voiture, je montais derrière, et lui devant. Il s'asseyait et mettait sa ceinture de sécurité. Un vrai copilote. À la maison, c'était lui le chef. Il n'avait d'ailleurs de cesse de nous le rappeler lorsque nous

nous enhardissions trop ou lorsque nous émettions des réserves sur ses sorties au discobar. Car le soir, il sortait au discobar. Il y buvait des coups, dansait, draguait les duckettes. Il avait même son profil sur Facebook, grâce auquel il discutait avec des amis du monde entier. Il était vraiment international.

Il a fini par nous demander une fiancée. Nous avons fait tous les magasins de la ville avant Noël pour lui en trouver une. En vain. Même son modèle était introuvable. En désespoir de cause, nous avons téléphoné à Sara pour qu'elle nous donne l'adresse du magasin où elle l'avait acheté. Nous y sommes allés, mais l'enseigne avait été remplacée par une épicerie chinoise.

La situation devenait préoccupante. Le Duck déprimait. Il dépérissait à vue d'œil. Un jour, Sara nous a offert ce qu'elle pensait être une duckette. Ducky et nous l'avons examiné sous toutes les coutures : grandes pattes et gros bec orange, longue crête blanche et rebelle, immenses ailes d'albatros, traits plus masculins que féminins. La conclusion était sans appel : c'était un duck, pas une duckette.

Il fallait lui trouver un nom. Il avait des allures de rasta débonnaire, nous l'avons donc appelé « Bob le Duck », dit « Bob ».

Mais Ducky était furieux. Il y avait un duck de trop dans cet appartement. Et puis, chemin faisant, ils sont devenus comme cul et chemise. Quand ils nous faisaient l'honneur de rester à la maison le soir, ils dormaient à tour de rôle avec chacun de nous. Ils se sont mis à sortir ensemble au discobar. Bob faisait la cour à des « Berthe », des duckettes de son calibre et de son envergure. Ils ont commencé à organiser des « teufs » jusqu'à plus d'heure sur la terrasse quand nous n'étions pas là avec tous les pigeons et tous les oiseaux de passage dans le quartier.

Tout était parfaitement normal.

Nous avions de nouveau quinze ans.

Noël 2009.

Un an et demi plus tard.

Ma femme et moi étions à Bordeaux entre Noël et le jour de l'an. Toujours pas d'enfant en vue, mais nous persévérions. Je ne pensais plus aux événements médiévaux que nous avions traversés. Ou du moins très rarement. J'avais même parfois l'impression qu'ils n'avaient été qu'un mauvais rêve. Lorsqu'ils me revenaient en mémoire, les images qu'ils ravivaient me laissaient de marbre. La colère et la rage qui étaient les miennes étaient toujours là, enfouies dans un repli de ma conscience et de mes souvenirs, mais elles semblaient s'être tues.

Il m'arrivait juste de caresser l'idée que, si Ferdinand avait été une *petite comète*, celle ou celui que nous n'avions pas connu avait été une *étoile filante.* Et tous deux, à leur mesure, laissaient dans notre ciel une traînée de poussières d'étoiles que rien ni personne ne saurait effacer.

Le 29 décembre, en milieu de journée, ma femme s'est préparée pour aller allumer un cierge à la mémoire de Ferdinand dans l'église du quartier. Elle fait cela tous les ans, pour son anniversaire. Elle l'offre à la Sainte Vierge, patronne de toutes les mères qui ont perdu un enfant.

Alors qu'elle s'apprêtait à partir, j'ai passé mon manteau et suis sorti avec elle. Elle a eu l'air surprise, puis elle m'a souri, a passé son bras autour de ma taille et nous nous sommes mis en route.

L'année dernière, à la même date, elle m'avait proposé de l'accompagner. Nous étions partis quelques jours à Biarritz en amoureux. J'étais déjà venu avec elle le premier Noël de l'année de notre rencontre. Mais, cette fois, j'avais décliné son invitation. Je ne m'en sentais pas capable. Mes haines et mes hargnes métaphysiques étaient encore trop à vif en moi. Je lui avais donné de quoi mettre un cierge de ma part et j'étais parti marcher sur la promenade de la Grande Plage.

L'église de Bordeaux où nous nous sommes rendus a toujours été ma préférée. Plus jeune, j'entrais parfois m'y asseoir un moment. J'étais fasciné par la noirceur des murs jamais ravalés, la pénombre qui régnait dans les deux contre-allées, de part et d'autre de la nef, et où se trouvaient plusieurs niches dédiées à la Vierge Marie, à saint François-Xavier et à d'autres dont j'ai oublié le nom. *A contrario*, l'allée centrale, sur les côtés de laquelle étaient disposés les chaises et, au premier rang, les prie-Dieu, était extraordinairement lumineuse.

Elle faisait face à d'immenses vitraux aux couleurs vives qui jetaient sur elle des rais de lumière aux lueurs d'arc-en-ciel. Orientés plein sud, ils s'embrasaient à la tombée du soir. Je me débrouillais toujours pour faire coïncider mes visites épisodiques avec cette heure-là du jour. J'y trouvais alors un calme que je ne rencontrais nulle part ailleurs.

Je n'avais pas remis un pied dans une église depuis la fausse couche de ma femme.

Au pied de l'édifice, je me suis arrêté devant sa façade toujours aussi noircie par les gaz d'échappement que dans mon enfance. Ma femme s'est retournée vers moi et m'a regardé l'air de me dire : « Tu n'es pas obligé, tu sais ? » Je lui ai ouvert la lourde porte et suis entré à sa suite.

À cette heure de la journée, en hiver, les vitraux brillaient d'une luminosité plus pâle, plongeant le reste de l'église dans une obscurité compacte, détachant nettement les têtes lumineuses des cierges qui se consumaient çà et là.

Nous en avons pris chacun un, avons réglé notre obole au tronc correspondant et les avons déposés dans l'alcôve consacrée à la Vierge. Tandis que nous nous recueillions tous les deux, à ma grande surprise, je me suis mis à prier. Non pas Dieu, ni Marie, ni un saint quelconque, mais Ferdinand. Une prière très simple dans laquelle, en substance, je l'enjoignais de prendre soin de sa mère.

En sortant de l'église, ma femme m'a demandé avec un sourire espiègle si j'avais remarqué.

— Remarqué quoi ?

— Le nom de l'église. Tu viens ici depuis que tu es petit, et tu n'as jamais rien remarqué ?

— Non…

Je me suis retourné pour lire ce qui était inscrit sur la plaque. J'ai sans doute marqué le plus long temps d'arrêt de mon existence : *Église Saint-Ferdinand.*

Lorsque je me suis retourné vers ma femme, bouche bée, elle m'a donné une tape sur l'épaule et s'est enfuie.

— Chat ! Le premier arrivé à l'appartement fait l'amour à l'autre !

Je me suis lancé à sa poursuite.

Janvier 2010.

Un soir, ma femme est rentrée plus tard que d'habitude.

J'avais dîné seul et lui avais gardé au chaud de quoi se restaurer.

J'étais assis à mon bureau itinérant quand elle a franchi la porte de l'appartement. Elle était trempée par les pluies glacées qui lacéraient le ciel depuis plusieurs jours. Malgré cela, le demi-sourire de quand nous avons tous les deux la connerie illuminait son visage. Pourtant, elle était exténuée. Elle était en pleine charrette sur un budget d'une importance capitale pour l'avenir de son agence.

Elle est venue s'appuyer dans l'encadrement de la porte séparant le salon de la pièce où je travaillais, un sourire de plus en plus con agrafé jusqu'aux oreilles.

— J'ai fait un test.

J'attendais la suite. Elle a ouvert son sac et en a sorti une bouteille de vin.

— Je t'ai ramené un grand cru.

Octobre 2010.

Je me suis réveillé en sursaut.

« Angoulême, Angoulême, trois minutes d'arrêt », scandait l'accent toulousain, chantant et rocailleux, du contrôleur dans son micro.

J'ai passé la main sur mon visage comme pour en balayer les résidus de sommeil. Depuis quelques semaines, mes nuits étaient courtes, parce que morcelées comme du sucre. J'avais sorti mes affaires pour travailler dès le départ du train, mais je m'étais endormi à peine la capitale disparue derrière la succession de tunnels aspirant le TGV vers le Sud-Ouest de mon enfance.

Deux semaines auparavant, à 5 h 07 du matin, ma femme avait mis au monde une petite fille. Trois kilos cent, quarante-trois centimètres, cinq doigts à chaque main et cinq orteils à chaque pied. Tout bien.

Le signal du départ a retenti. Les portes se sont refermées et le paysage s'est remis à défiler au gré des aiguillages. J'avais dû partir pour Bordeaux la veille de ma réunion. Celle-ci commençait à 8 h 30 précises le lendemain matin, et aucun train ne quittait Montparnasse suffisamment tôt pour me permettre d'être à l'heure. J'en profiterais pour voir mes parents et m'offrir une bonne nuit de sommeil, ce qui ne serait pas du luxe.

La grossesse de ma femme s'était déroulée sans souci ni inquiétudes notoires. Trouver un lit disponible dans un hôpital pour l'accouchement. L'échographie des trois mois. L'amniocentèse et ses risques de fausse couche. Le parcours du combattant classique, lot commun de tous les futurs parents. Si j'avais quelquefois repensé avec angoisse et appréhension à la maudite et funeste épreuve que nous avions traversée, l'organisation de l'arrivée du bébé ne m'avait pas laissé le temps de me faire de la bile. Déménagement, peinture de la future chambre, réservation d'une place en crèche, avant vingt ans si possible, achat du berceau, de la poussette, de Babygro de différentes tailles, comme je l'avais fait avec les serviettes hygiéniques, de hochets, de tétines, de biberons, et j'en passe, j'avais eu de quoi m'occuper les mains et les méninges, et pousser de multiples coups de Grizou libérateurs.

Je me suis redressé et me suis plongé dans mes dossiers. Mais j'avais beau essayer de me concentrer, je n'arrivais à rien. J'ai rangé mes affaires et me suis enfoncé dans mon siège avant de me perdre dans la contemplation du paysage à travers la vitre. Les champs de vignes remplaçaient les plaines céréalières. La végétation retrouvait le caractère touffu et sauvage propre à cette terre des Cyrano et des d'Artagnan.

Une fois arrivé, j'ai pris un taxi en direction de chez ma mère, où toute la famille venait dîner le soir. Sur le trajet, je n'ai pu m'empêcher de sourire en pensant que ma femme était peut-être tombée enceinte ce même jour où je l'avais accompagnée mettre un cierge à la mémoire de sa petite comète.

J'ai demandé au chauffeur de me laisser devant l'église Saint-Ferdinand. La rue où habite ma mère n'est qu'à cinq minutes à pied de là.

Malgré le temps maussade, les grands vitraux jetaient toujours cette lumière fragmentée d'arc-en-ciel. J'ai pris le plus grand cierge possible et suis allé l'allumer dans l'alcôve dédiée à la Vierge. Une étrange excitation battait dans mes veines. Je me suis forcé à respirer plus lentement et j'ai fermé les yeux. Mes tempes ont cessé de cogner contre mon crâne, mes pulsations se sont calmées. Est alors montée en moi une prière silencieuse et muette, sans mot ni destinataire précis. Un sentiment de bien-être, de plénitude et de paix, qui débordait de moi, emplissait l'église, les rues alentour, la ville tout entière pour s'élancer rejoindre ma femme et ma fille.

Pourtant, je savais bien en mon for intérieur que le pire comme le meilleur étaient à venir. Les angles des meubles, les casseroles oubliées sur le gaz, l'école, les devoirs, les examens. Toutes tes « premières » et tous tes « premiers » : premières sorties, premières cuites, premières règles, premiers pétards, premiers flirts, premier amour, premières fois, premier chagrin d'amour. Tous les « si » et tous les « pourvu » : « Pourvu que tout se passe bien », « Et si tu étais une Grizette avec la mauvaise tête de ton père ? »,

« Pourvu que tu aies le caractère de ta mère », « Et si… », à l'infini. Sans parler de ces nuits sans sommeil à attendre, ta mère et moi, que tu rentres de tes soirées en priant pour qu'il ne t'arrive rien. Et tout le reste qui fait blanchir les cheveux avant l'âge.

Oui, je n'avais pas fini de me faire du mauvais sang.

Et Dieu merci.

REMERCIEMENTS

Tatiana de Rosnay, plus que jamais reine des fées.

Jessica Nelson, sa sœur en féerie, en souvenir d'une conversation téléphonique un certain jour de septembre.

Anne Fontaine, la fée miraculée.

Sara Mortensen, pour ce qu'elle sait.

Juan Torreiro et Benoît Rivière, à qui je dois une caisse de champagne.

Vladimir Consigny, pour ses silences plus éloquents que n'importe quel long discours.

Ève Samakh et Nicolas Jolly, pour leur génie des titres.

Richard Hervé, Julien Négui, Bertrand Cazenave, Pierre Hagnauer, Apolline Trésonne, Laure Baril, Axel Kiener, Caroline Sigrand, Juliette Cohen-Solal, Sophie Couret-Delègue, David Koubbi, Christel Noir, Gina Londero, Aude Sarrazin, Yaël Hirsch, Claire Chevrier, Layticia

Audibert, Emmanuelle Hardouin, Lisa Liautaud, Delphine de Vigan, Stéphanie Hochet, Stéphane Nolhart, Émilie de Turckheim : s'ils ne savent pas pourquoi, je le sais.

Héloïse d'Ormesson et Gilles Cohen-Solal, pour leur amitié, leur suivi fidèle et attentif, leur folie magnifique et stratosphérique.

Sarah Hirsch, pour son légendaire et juste œil de lynx.

Audrey Siourd, pour sa patience, son efficacité, son sourire.

Agathe Presti, pour son mauvais esprit.

Anne-Gaëlle Saïah, pour son amour des nombres premiers.

Toute l'équipe EHO pour leur précieux travail.

Christine Cobert, qui tempère mes « coups de Grizou » avec son légendaire « un petit peu ».

APPENDICE

« Le Revenant »
Victor Hugo

Mères en deuil, vos cris là-haut sont entendus.
Dieu, qui tient dans sa main tous les oiseaux perdus,
Parfois au même nid rend la même colombe.
Ô mères ! le berceau communique à la tombe.
L'éternité contient plus d'un divin secret.

La mère dont je vais vous parler demeurait
À Blois ; je l'ai connue en un temps plus prospère ;
Et sa maison touchait à celle de mon père.
Elle avait tous les biens que Dieu donne ou permet.
On l'avait mariée à l'homme qu'elle aimait.
Elle eut un fils ; ce fut une ineffable joie.

Ce premier-né couchait dans un berceau de soie ;
Sa mère l'allaitait ; il faisait un doux bruit
À côté du chevet nuptial ; et, la nuit,
La mère ouvrait son âme aux chimères sans nombre,
Pauvre mère, et ses yeux resplendissaient dans l'ombre,
Quand, sans souffle, sans voix, renonçant au sommeil,

Penchée, elle écoutait dormir l'enfant vermeil.
Dès l'aube, elle chantait, ravie et toute fière.

Elle se renversait sur sa chaise en arrière,
Son fichu laissant voir son sein gonflé de lait,
Et souriait au faible enfant, et l'appelait
Ange, trésor, amour ; et mille folles choses.
Oh ! comme elle baisait ces beaux petits pieds roses !
Comme elle leur parlait ! l'enfant, charmant et nu,
Riait, et par ses mains sous les bras soutenu,
Joyeux, de ses genoux montait jusqu'à sa bouche.

Tremblant comme le daim qu'une feuille effarouche,
Il grandit. Pour l'enfant, grandir, c'est chanceler.
Il se mit à marcher, il se mit à parler,
Il eut trois ans ; doux âge, où déjà la parole,
Comme le jeune oiseau, bat de l'aile et s'envole.
Et la mère disait : « Mon fils ! » et reprenait :
« Voyez comme il est grand ! il apprend ; il connaît
Ses lettres. C'est un diable ! Il veut que je l'habille
En homme ; il ne veut plus de ses robes de fille ;
C'est déjà très méchant, ces petits hommes-là !
C'est égal, il lit bien ; il ira loin ; il a
De l'esprit ; je lui fais épeler l'Évangile. » –
Et ses yeux adoraient cette tête fragile,
Et, femme heureuse, et mère au regard triomphant,
Elle sentait son cœur battre dans son enfant.
Un jour, – nous avons tous de ces dates funèbres ! –
Le croup, monstre hideux, épervier des ténèbres,
Sur la blanche maison brusquement s'abattit,
Horrible, et, se ruant sur le pauvre petit,
Le saisit à la gorge ; ô noire maladie !
De l'air par qui l'on vit sinistre perfidie !

Qui n'a vu se débattre, hélas ! ces doux enfants
Qu'étreint le croup féroce en ses doigts étouffants !

Ils luttent ; l'ombre emplit lentement leurs yeux d'ange,
Et de leur bouche froide il sort un râle étrange,
Et si mystérieux, qu'il semble qu'on entend,
Dans leur poitrine, où meurt le souffle haletant,
L'affreux coq du tombeau chanter son aube obscure.
Tel qu'un fruit qui du givre a senti la piqûre,
L'enfant mourut. La mort entra comme un voleur
Et le prit. – Une mère, un père, la douleur,
Le noir cercueil, le front qui se heurte aux murailles,
Les lugubres sanglots qui sortent des entrailles,
Oh ! la parole expire où commence le cri ;
Silence aux mots humains !

La mère au cœur meurtri,
Pendant qu'à ses côtés pleurait le père sombre,
Resta trois mois sinistre, immobile dans l'ombre,
L'œil fixe, murmurant on ne sait quoi d'obscur,
Et regardant toujours le même angle du mur.
Elle ne mangeait pas ; sa vie était sa fièvre ;
Elle ne répondait à personne ; sa lèvre
Tremblait ; on l'entendait, avec un morne effroi,
Qui disait à voix basse à quelqu'un : – Rends-le-moi ! –
Et le médecin dit au père : – Il faut distraire
Ce cœur triste, et donner à l'enfant mort un frère.
Le temps passa ; les jours, les semaines, les mois.

Elle se sentit mère une seconde fois.

Devant le berceau froid de son ange éphémère,
Se rappelant l'accent dont il disait : – Ma mère, –
Elle songeait, muette, assise sur son lit.

Le jour où, tout à coup, dans son flanc tressaillit
L'être inconnu promis à notre aube mortelle,
Elle pâlit. – Quel est cet étranger ? dit-elle.
Puis elle cria, sombre et tombant à genoux :
– Non, non, je ne veux pas ! non ! tu serais jaloux !
Ô mon doux endormi, toi que la terre glace,
Tu dirais : « On m'oublie ; un autre a pris ma place ;
« Ma mère l'aime, et rit ; elle le trouve beau,
« Elle l'embrasse, et, moi, je suis dans mon tombeau »
Non, non ! –

Ainsi pleurait cette douleur profonde.

Le jour vint ; elle mit un autre enfant au monde,
Et le père joyeux cria : – C'est un garçon.
Mais le père était seul joyeux dans la maison ;
La mère restait morne, et la pâle accouchée,
Sur l'ancien souvenir tout entière penchée,
Rêvait ; on lui porta l'enfant sur un coussin ;
Elle se laissa faire et lui donna le sein ;
Et tout à coup, pendant que, farouche, accablée,
Pensant au fils nouveau moins qu'à l'âme envolée,
Hélas ! et songeant moins aux langes qu'au linceul,
Elle disait : – Cet ange en son sépulcre est seul !
– Ô doux miracle ! ô mère au bonheur revenu ! –
Elle entendit, avec une voix bien connue,
Le nouveau-né parler dans l'ombre entre ses bras,
Et tout bas murmurer : – C'est moi. Ne le dis pas.

Août 1843.

Du même auteur :

Aux Éditions Héloïse d'Ormesson

L'Entrevue de Saint-Cloud, 2010. Le Livre de Poche, 2012 (sous le titre *Le Rendez-vous manqué de Marie-Antoinette*).

Un hiver avec Baudelaire, 2009. Le Livre de Poche, 2011.

Aux Éditions JC Lattès

Le Reniement de Patrick Treboc, 2007.

Aux Éditions Séguier

Mirabeau, le fantôme du Panthéon, 2002.

PAPIER À BASE DE
FIBRES CERTIFIÉES

Le Livre de Poche s'engage pour
l'environnement en réduisant
l'empreinte carbone de ses livres.
Celle de cet exemplaire est de :
200 g éq. CO_2
Rendez-vous sur
www.livredepoche-durable.fr

Composition réalisée par FACOMPO (Lisieux)

Achevé d'imprimer en avril 2013 en France par
CPI BRODARD ET TAUPIN
La Flèche (Sarthe)
N° d'impression : 72999
Dépôt légal 1re publication : mai 2013
LIBRAIRIE GÉNÉRALE FRANÇAISE
31, rue de Fleurus – 75278 Paris Cedex 06

31/7344/0